盛世诗語

主编
范恒山 傅东渔

新竟陵诗派丛书 （第二册）

作家出版社

图书在版编目（CIP）数据

盛世诗语：新竟陵诗派丛书（第二册）/ 范恒山 傅东渔主编.
—北京：作家出版社，2023.4
ISBN 978-7-5212-2210-4

Ⅰ.①盛… Ⅱ.①范… ②傅… Ⅲ.①诗集—中国—当代
Ⅳ.① I227

中国国家版本馆 CIP 数据核字（2023）第 054262 号

盛世诗语：新竟陵诗派丛书（第二册）

主　　编：范恒山　傅东渔
责任编辑：佳　丽
特约编辑：甘海斌　赵发洪
封面题字：苗培红
封底篆刻：杨小村
封面设计：郑军泉
版式设计：孙雨芹
出版发行：作家出版社有限公司
社　　址：北京农展馆南里 10 号　　　邮　　编：100125
电话传真：86-10-65067186（发行中心及邮购部）
　　　　　86-10-65004079（总编室）
E-mail:zuojia @ zuojia.net.cn
http://www.zuojiachubanshe.com
印　　刷：河北京平诚乾印刷有限公司
成品尺寸：152×230
字　　数：200 千
印　　张：23.25
版　　次：2023 年 4 月第 1 版
印　　次：2023 年 4 月第 1 次印刷
ISBN 978-7-5212-2210-4
定　　价：69.00 元

目　录

吟者诗卷

目录

诗友唱和

文赋荟萃

诗派事迹

后记（354）

吟者诗卷

范恒山卷

作者简介

范恒山　湖北省天门市人，经济学博士，国家促进中部地区崛起办公室原副主任、国家发展改革委原副秘书长。

著名经济学家，兼（曾）任多所著名高校教授、博士生导师，著述众多，学术事迹为多部典籍收录介绍。

中华诗词学会部委机关诗词工作委员会顾问，国家发展改革委诗词协会副会长。

七律六首

（一）福建行
（2017 年 3 月 21 日）

曾经几度亲闽土，政策频颁助海西。

往日比拼蜷弱腕，今时竞逐展强蹄。

三州六域争登顶，旧埠新区抢跨梯。

待到虬龙低首遁，定当再访瞰奇霓。

（二）车行京沪
（2017 年 4 月 14 日）

京沪线常走，别无感触。前日再乘高铁，一路浏览，陡生诗情。故不揣浅陋，口占一首。

一气奔驰七重区，阡塍相接景风殊。

幽燕绿苑披灵绣，吴越金廊走逸珠。

皖鲁村间呈异彩，沪苏城郭展奇瑜。

唯愁霾雾迷凝眼，心欲翻飞意趣孤。

（三）三清山感怀
（2017 年 8 月 6 日）

三峭偕同对阵开，女神巨蟒踏云来。

千年丹井留仙迹，万世灵岩现帝埃。

玉笋叠排凭地起，锦屏册立迎天徊。

莫言阅尽深闳色，毫錾犹登道佛台。

（四）庚子春吟

（2020 年 3 月 17 日）

东方气动势无涯，万岭逶迤走锦霞。
冀郭幽台芳草盛，吴洲越渚翠枝斜。
廊檐拱举恭新燕，楯槛横呈戏旧鸦。
敢问青光何所意？硝尘散后满笙笳。

（五）东湖

（2021 年 5 月 23 日）

青峰拱卫作城魁，楚韵荆流显廓恢。
阁谓行吟藏变异，碑书屈赋警轮回。
苍黎欢喜林梅俊，伟杰钟怜珞磨巍。
且让三分西子艳，总将雄儁伴风雷。

（六）重阳抒怀

（2021 年 10 月 14 日）

九九何须步逐高，胸呈雄壁自英豪。
七旬姜尚犹能相，六秩黄忠亦着袍。
霜鬓雪髯难作论，轻心重气且持牢。
桑榆未晚休空诩，骄似枫红傲万涛。

望江南·春风（二首）

（2017 年 3 月 12 日）

其一

轻拂过，冬霾隐无丝。尽染满园青翠色，又催心底荡旌旗。
神伴雁鸿驰。

其二

纤指捻，悄语戏琼枝。催尔劲开花万朵，守余低籁性清怡。相悦且相依。

青玉案·同窗聚

（2017 年 4 月 9 日）

丁酉年三月初七日，高中同学分别四十三年后重聚，欣慰之至，追吟一首以记之。

当年惜别追奇魅，爱虽驻，人难会。商旅仕途宏志慰。利随劳聚，名偕苦缀，征袂盈清泪。

今朝聚首谈前碎，笑语衷言润心肺。春日弄樽图一醉。鬓须虽雪，精神不寐，拂旧开新岁。

浪淘沙·孟夏回望

（2018 年 6 月 20 日）

老骥陟新征，关隘横程。几丝艾怨向天倾。纵有呼啸三尺剑，气与谁争？

谈笑去霾荆，云淡风轻。牙琴还对子期鸣。不废魏王槽枥愿，再振幡旌。

五律·嘉善

（2019 年 7 月 22 日）

上善三吴地，通津两省喉。

传承凝厚韵，创辟展宏猷。

互动弥分野，侵争促合流。

昭时开试点，县域拔头筹。

满江红·贺七十国庆

（2019年9月6日）

笑傲寰球，从容写、七旬卓绝。寻过往、产园纷立，宇楼驰设。自奋赢来飞弹壮，和合换取高车烈。看今朝、莘莘物华稠，豪情切。

宏愿启，身莫跌。千仞嶂，终将截。令风鹏挺举，兔消狐灭。顾望甲申征腐恶，放歌己巳扬雄杰。再回首、天地换新颜，康宁结。

渔家傲·六一偶历有感

（2020年6月1日）

云驻中天形影悄，风摇新柳芳枝啸。裙舞蝶飞童语妙。开颜笑，浑然忘了银须耀。

却记汉升疆野骠，志情不歇身如峤。应使金霞盈晚照。重吹调，白髯欲作黄花少。

贺新郎·长江图治

（2021 年 1 月 6 日）

长江经济带发展战略实施五周年，余作为实际工作参与者，深有感触，故赋言以记之。

清浪由心恣。又兼随、青峰簇抱，豹欢猿戏。鱼鸟云帆谐相斗，骚客折腰寄思。只数载，颜迁色异。壁破沙残污淖跃，遍河沿铁架钢梁置。蝶不恋，鹭难企。

护根保本千秋事。冀修复、宏图指引，岁开新季。凌迈豪情倾何处？水陆城乡同治。筑壮景，各施奇智。欲与愚公拼毅勇，要换回青鸟重扬翅。神女笑，子孙利。

浪淘沙令·春日偶思

（2021 年 2 月 16 日）

细雨浸衣冠，似暖还寒。梅催春至雪难殚。常见山花奔放日，冰吻枝干。

人事若冬蝉，苦乐交欢。从来峻岭有盘桓。静对荣羞不自弃，笑取邯郸。

锦缠道·花朝节

（2021 年 3 月 21 日）

李放桃张，月季海棠呈秀。聚花仙、万葩争茂。燕追蝶吮嬉相逗。胜日良辰，瑞采通天透。

见翩跹茜裙，袅娉霞袖。系心绳、彩笺祈寿。看丽人、温婉解物语，嫩枝摇处，笑靥芳苞斗。

浪淘沙令·秋意
（2021 年 9 月 7 日）

西气绕轩廊，寒韵滋张，几分慰抚几分伤。欲展热忱还魇敛，意趣彷徨。

秋色映尘凉，冷暖同妆，从来坦道聚沧桑。一片赤诚盛日月，心远途长。

过秦楼·中秋寄思
（2021 年 9 月 21 日）

雁遁南乡，蛩栖檐宇，火枫凌视青榕。看穗嘉枝硕，泻赤彩金辉，漫地隆丰。也遭烈西风。啸声扬、败絮残绒。只中秋明月，痴心圆向，坚定从容。

仰玉盘品格，持忠正，让桑榆粲丽，英武长雄。驱世途蠘崄，作遨游紫殿，砥砺添功。当再舞龙泉，枕山河、颙望乾穹。待遐音铸就，削剑成泥，闲说飞虹。

风入松·雨居京郊农舍
（2021 年 10 月 5 日）

瘦杨疏柳簇边厢。松柏绕檐廊。丽枫艳菊争妖媚，彩练萦、天地芬芳。烟色叠罗云锦，雾光迷醉施嫱。

凭阑观雨眺南方。桑梓暖心房。贫虚茅院椿萱茂，霰霜消、花蕊飞扬。乡舍情深似海，忆来清泪汪洋。

南浦·小雪记感

（2021 年 11 月 22 日）

寒霭裹冰晶，卷地飞，晨临叶尽枝截。秋韵遁无痕，冬时替，都作酷霜严雪。枯形瘦影，雁逃蝉寂金英缺。俏梅亮节。嗟蟾月凝珠，火阳伤血。

登高阅遍苍凉，感尘世如斯，沧桑千结。漫漫陟攀途，从来是，花簇棘丛交叠。深潭不静，暗涛汹涌求翻彻。盛衰难折。潇洒度流年，身贞如铁。

登鹳雀楼有寄（二首）

（2021 年 12 月 08 日）

数年后复登鹳雀楼，天色向晚，吟唐人诗句，观远山近水，感慨系之。

（一）五绝

水天融黛色，河海展湍流。
凌顶丹心阔，风云尽入眸。

（二）五律

幼影北周留，沧桑证国忧。
形遭兵燹毁，魂伴小诗遒。
冷看朝权替，欣观骇水流。
雄姿今复立，登眺览嘉猷。

蓦山溪·仲冬游园见闻

（2021 年 12 月 12 日）

　　荷枯荻萎，索落池边柳。嗷啸满丘园，叶无踪、坡低土皱。寒鸦有意，对语慰风埃，情义酬。斜阳茂，半照呈清瘦。

　　玄冥运手，不掣英雄肘。戏水入深潭，炫奇妍、耆孺争秀。心潮荡处，胜友话烟楼，携罂缶。尘寰懑，都付樽中酒。

沁园春·灵均赋

（2022 年 6 月 3 日）

　　立地擎天，贾生俯首，李杜倾情。护蕙兰椒桂，披肝沥胆；缚萧束艾，勇掷长缨。苦诵离骚，泣求苍宇，欲使金瓯常显荣。越千载，数风流骄子，楚国忠卿！

　　汨罗托举灵贞，令万古伤嗟铄众声。憾星移斗转，争图未改；内蛊外寇，阻我新程。变局艰虞，宏猷在握，锦带吴钩卫斾旌。势成矣，看华胥梦筑，九域辉盈。

谢池春·中秋月随吟

（2022 年 9 月 10 日）

　　朝露初凝，便现玉盘高举。桂宫开、姮娥悄语。清辉银屑，洒山川洲渚。看火流、悻然飘去。

　　冰轮辗转，也把白头施与。但携来、诗书结侣。痴心如月，展深情真绪。问功名、且安何处？

望海潮 · 新航

（2022 年 10 月 15 日）

山挥霓带，河摇霞袂，雁鹍欢语高墙。蟾殿桂开，东篱菊茂，喜盈地角天房。华夏启新航。万众冀一念，国祚绵昌。不负佳时，共襄盛举著逌章。

复兴伟业光炀。践庄严大誓、瑰丽宏纲。回日舞戈，披星勒石，齐心同筑宁康。策马纵绳缰。豪情滋寰宇，笑对苍黄。他日蓝图绘就，酒伴泪花滂。

秋实图
赵伟画（60 cm × 60 cm）

赵伟简介

　　字达一，号涌萍斋主人，齐白石再传弟子，中国画画家。北京新竟陵诗派成员。

傅 东 渔 卷

作者简介

傅东渔　字北樵，号信斋，湖北省天门市人，北京诗词学会常务理事，龙潭诗社社长。诗词收录于《信斋击壤歌》。

七律·辛丑国庆

（2021 年 10 月 1 日）

一年一度菊秋黄，国庆又临观国光。
四海归仁龙跃踊，九州合志凤来翔。
三清茶宴思源远，八路宾朋谋划长。
雨洗天青凭力挽，谁栽万里桂花香。

七绝·贺李永金司令寿诞（二首）

（2021 年 12 月 2 日）

（一）

九九纯阳天将威，龙潭吟啸百灵归。
兴昌武运酬恩信，万里空疆仗翼飞。

（二）

百战归来独好诗，龙吟凤和颂昭时。
蓝天圆梦蓬山渺，星子月妻垣宿驰。

道脉印记

（2021 年 12 月 11 日）

两只断掌九文螺，左拇单箕遁甲多。
千载一人天下觅，朗吟越过洞庭波。

和海青仙翁半半歌

（2021 年 12 月 29 日）

半百喜遇老半仙，居住半峰云半天。
爱花半开月半满，爱食半饱心半欢。
半听天命半听我，半缘世俗半缘禅。
半现半隐真遁甲，半智半愚大圣贤。
半哭半笑下嵩岳，半间山房半亩园。

高阳台·元旦

（2021 年 12 月 31 日）

风雨高唐，习池钓苑，鹿门同梦千秋。追慕华胥，信平天下宏猷。匈奴突厥西奔处，帝业消，王道幽愁。望东方，利出五星，大路丝绸。

土崩瓦解群雄竞，算隆中新对，通宝刀钩。击壤残歌，且吟且唱何求。债台高筑姬周毕，问鼎人，楚霸秦侯。醒龙飞，天地苍黄，再主沉浮。

壬寅虎年二首

（2022 年元月 29 日）

其一

青牛才历阳关去，白虎又从阴岭来。
中土道禅能伏御，可教寅兽变莲台。

其二

前年庚虎下崇山，此岁壬龙跃险关。

极野玄黄迎革鼎，鲲鹏变化啸瀛寰。

咏容膝茉莉花茶

（2022 年 1 月 30 日）

斗室何言窄，江山万里宽。

南窗堪寄傲，容膝可居安。

茉莉乾坤气，碧壶今古澜。

茶中得仙道，神会岭云端。

迎寅虎

（2022 年 1 月 31 日除夕）

卧龙潜虎地，鸾舞凤鸣时。

地载邺侯简，天生太白诗。

风云起蘋末，韬略系心思。

救赵窃符事，信陵高义遗。

贺北京冬奥会开幕

（2022 年 2 月 4 日）

朋自远来齐乐春，五洲挽臂一家亲。

昆仑本是须弥顶，幽蓟当临天子津。

宇宙灵心凭斗运，雪冰神技任君伸。

大同世界谁归与，万众齐呼领路人。

壬寅两会感赋

（2022年3月11日）

春风又换凤城花，举国人民亲一家。
惊蛰新雷催雨澍，竟陵旧雨竞辞华。
百年迈步寅龙震，两载灭瘟庚虎嗟。
上下同心齐岱锷，斗牛剑气断苍霞。

上海抗疫感赋

（2022年4月14日）

海上明珠竟陆沉，瘟魔肆纵八公林。
与妖共处一言误，动态清零四字金。
举国驰援战黄浦，满城同忾布丹心。
京师北望天枢定，港岛南图地纪深。

贺端午

霹雳辰龙正十年，端阳贺寿启新乾。
千舟奋桨重山越，万众齐心凯捷旋。
带路凿空匡宇甸，复兴伟业续华篇。
大同世界圣人出，既济嘉亨百举全。

壬寅中元节感赋

（2022 年 8 月 12 日中元节）

中元满月照神都，十里天街胜岛壶。
内祭祖宗弘孝道，外驱鬼魅御骄胡。
秋头暑尾粘竿展，阴息阳消妖阵诛。
槐尽桂开迎菊绽，雷鸣恒岳举宏图。

浣溪沙·喜迎党的二十大召开

（2022 年 10 月 14 日）

百载红船劈浪高。险礁危飓显真豪。人民感念导师毛。
伟大复兴华夏梦，混同天下凤来翱。习风和畅剪春刀。

满江红
张才篆刻（3.0 ㎝ × 3.0 ㎝）

张才简介

　　笔名冠山人，1950 年生于山西平定，功勋飞行员，空军大校军衔。中国书协首届会员，著名书法家、篆刻家。北京新竟陵诗派成员。

雷仲篪卷

作者简介

　　雷仲篪　　1934年8月出生，湖北省武汉市人。自幼深受渊源家学熏陶，习染中华诗教。酷爱中华诗词曲联及书法、国乐文化，现任中南财经政法大学教授，是中华诗词学会会员、中国国学研究会研究员、中华诗词新调学会顾问、青松诗词学会荣誉会长。有《诗词曲联格律新论》和诗词集《心声与足迹》问世。曾被授予"中国杰出诗词传承艺术家""中华文化杰出传承人"和"荆楚诗坛耆宿"等称号。

七言排律·学诗偶得八韵

人情妙悟篇篇妙，世事斟酌字字斟。

生命抽丝织锦绣，生活点亮绽晨昕。

奇思意笔山花蜜，隐秀工描月桂醇。

旨远言精岩画永，意深语浅雪莲馨。

行间字里闻天籁，"具象"相接①妙入神。

万类生机唯进化，文章换骨必图新。

不拘格套②师吴体③，镣舞呈才共报春④。

出水芙蓉书墨宝，清风明月铸诗魂。

注：①"具象相接"是诗法"具体与抽象嫁接"的简称。本篇第三至第七句和末联皆用此诗法。　②"不拘格套"出自明代"公安派三袁"。他们反对复古模拟，提倡诗词改革创新，主张"独抒性灵，不拘格套""无定格式""以意役法，不以法役意"，反对模拟虚伪的形式主义文风，认为诗文应有真情实感，率真自然，不可人云亦云。"只要发人之所不能发，句法字法调法，一一从自己胸中流出，此真新奇也。"　③"吴体"是杜甫所创，清代梁章钜《退庵随笔》指出："七律有全首不入律者，谓之吴体，与拗体诗不同。"其特点在于，扬弃平仄声律（含"粘对规则"），保留律诗的对仗、押韵、句法、章法等全部格律。其追随者陆龟蒙、皮日休、黄庭坚等皆有作品传于后世。《天安门诗抄》便是现代吴体的代表作。④"镣舞"是闻一多所说"要跟着格律走，……要戴着镣铐舞出自己的舞步"之简称。此句是言"平仄声律"虽然具有束缚诗歌创作的一面，但另一面却可从难中见巧呈才，并给诗人带来成功感与乐趣！此句、此联暗喻"诗词曲联"新旧两体花开并蒂，或新或旧，诗人自主，从而中华诗坛长盛不衰。

七绝·初心如磐

初心刻骨志如磐，使命填膺铁臂担。
开放改革谋发展，同筑国梦挂云帆。

七绝·赞人类命运共同体

地球村里绽群花，命运相同聚一家。
共利同赢还互补，和平发展史称夸。

七绝·迎二十大（二首）

（一）

为公立党为兴邦，第一百年建小康。
大吕黄钟歌伟业，开来继往谱华章。

（二）

京都擘画振穹苍，现代强国党领航。
第二百年须赶考，满分答卷永流芳。

七绝·华夏春（三首）

（一）

古夏文明不计年，河山壮丽美无边。
今逢盛世圆国梦，再创天堂不羡仙。

（二）

世纪沧桑砥砺行，而今迈步再出征。
东方狮跃球村震，看我中华大复兴。

（三）

十亿神州快马奔，改天换地物华新。
这边风景唯独好，万紫千红总是春。

七言排律·赞美丽乡村八韵

层林掩映袅炊烟，白雾轻遮别墅天。
溪水游鱼门口过，枝头飞鸟绕窗翩。
汽车列队云中驶，游客成群画里穿。
绿色氧吧福所在，天然低碳寿延年。
田间管理凭程控，机种机收效率翻。
电视报刊开眼界，平台上网觅财源。
衣着文化谐时进，抖擞精神品貌端。
世外桃源今胜古，美丽乡村世之冠。

七言古风·鞍马烽尘赞岑参
—— 集嵌奇才边塞诗人岑参诗句①

边塞诗人岑嘉州，鞍马烽尘十几秋。
一川朔风寒山抖，随风满地乱石走。
逆风展翅霜天鹗，风头如刀面如割。
城障塞堡云翻墨，将军金甲夜不脱。

情伤唱别易水歌，中军置酒饮归客。

主帐四夷器乐齐，胡琴琵琶与羌笛。

卫国戍边志如铁，胡天八月即飞雪。

一夜鹅毛晨觉来，千树万树梨花开。

注：①本诗十六句，四、六、八句摘自《走马川行奉送封大夫出师西征》。十、十二、十四、十六句摘自《白雪歌送武判官归京》，余者皆笔者模仿岑参风格创作。此谓集嵌格也。

虞美人·端午感怀

岁岁赛龙船，年年祭屈原。一代伟才千古赞，沉命汨罗万世叹！屈原是国际公认的世界文化名人，国之骄子！端午再读《离骚》，追昔抚今，想当今盛世，民富国强，引领地球村，乃圣人出也！仰仗习近平总书记治国有方！百感交集，故有是阕。

国亡身殒今何在，沉汨千余代。端阳展卷诵离骚，世界名人经典乃国骄。

尧天舜日百花绽，盛世炎黄愿。共筑国梦圣人恩，华夏巨龙兼济地球村。

旧体七言排律·金陵怀古八韵

吾皓首壮游十二代都城南京①，感今怀古，情激而挥毫成诗。

不尽长江滚滚流，金陵气势眼前收。
八朝帝室云烟过，四代京都蜃景浮②。
玉砌雕栏惊梦断，皇陵王冢怕回眸。
中山济世开新宇，一代伟人志未酬。
鬼子屠城骸骨在，睡狮梦醒恨悠悠。

日汪政府全民唾，中正王朝命早休。

地覆天翻堪可贺，积习旧弊使人愁。

古都兴替今为鉴，腐败丛生可覆舟。

注：①②"八朝"是指古代三国的吴、东晋和南朝的宋、齐、梁、陈"六朝"加南唐与明初皆都于南京。"四代"是指近现代的天朝（太平天国）、辛亥革命临时政府（孙中山）、日伪政府（汪精卫）和国民党政府（蒋介石）也都于南京。先后共十二个朝代或伪政府在南京建都。

七言排律·春游即兴八韵

爆竹一声除旧岁，桃符万象更新春。

温温丽日消残雪，暖暖气流扫冻云。

细雨无声草刷绿，和风有意柳描金。

蝶飞燕舞风筝赛，蛙唱莺歌鸟语林①。

油菜无边花似锦，麦苗万顷碧如茵。

复苏万木新芽秀，待放百花蓓蕾馨。

蚕嫂茶姑歌遍地，牧笛奶乐曲迷人。

大棚花卉春常在，主客豪情笑语频②。

注：①"风筝赛"既是春天的一种民俗，又是一个观赏项目。风筝的制作与放飞在技巧上有很大创新，花样新颖，翩翩起舞，放飞后还能在空中发出音乐与风哨声，美不胜收。"鸟语林"是一个需购票的观赏项目。鸟儿们不仅会表演节目，还会说话和"收钱"，让人大开眼界。②奶乐是奶牛场挤奶时播放的轻音乐，据云因条件反射会使奶牛多产奶。

七绝·赏雪

缱绻缠绵柳絮飞，红梅帘外透芳菲。

满城玉树琼花放，景入诗词共举杯。

七言古风·赞莲歌

菡萏出污而不染，冰清玉洁娴雅绚。

濯濯涟涟而不妖，香远清淡品自高。

中通外直不枝蔓，亭亭玉立不可攀。

水宫仙子映日红，古今秀色唯芙蓉。

溪客跳雨似玉珠，散了还圆物华殊。

雨过泽芝放异彩，红裳翠盖灿烂开。

叶花籽芯藕根带，浑身是宝人皆爱。

并蒂同心造化果，如来观音佛莲座。

注：菡萏、水宫仙子、芙蓉、溪客、泽芝等皆"莲"之别称。

七绝·颂兰

姿幽品雅赛群芳，淡泊冰清暗自香。

孤傲坚贞无媚骨，花中君子最风光。

七绝·赞松

悬崖峻岭屹青松，雨暴风狂战雪冬。

笑对天磨葱且挺，铮铮铁骨傲苍穹。

定风波·咏蜂

玉液集吸峻岭葩，琼浆采吮授粉花。薄翅乘风飞万丈，真棒，娇黄躯小品格佳。

甘露香腴百蕊藏，绝酿，甘甜入药是精华。治病美容滋体养，巧匠，终生奉献不争夸。

减字木兰花·环卫工

铺开大地，泼墨挥毫新写意。暮暮朝朝，奉献人生格调高。

美师手下，富丽山河皆入画。献上鲜花，城市人人把你夸。

虞美人·夜渔

菱花星月荷如伞，渔火吹芦管。舟行划破水中天，欸乃声声峰影舞翩跹。

轻轻网撒惊鸿噪，喜见鱼儿跳。渔姑唱晚似银铃，串串笑声清脆入秋云。

菩萨蛮·种瓜

瓜棚恰似一亭景，依山傍水属精品。一籽一藤花，一藤一串瓜。

施肥浇水苦，汗洒瓜藤圃。受累不须夸，甘甜送万家。

小桃红 · 相思

梦惊秋雨叩寒窗，客醒独惆怅。离恨如焚盼天亮，夜偏长，孤舟欲渡银河浪。天涯翘望，潸然枕上。

自度曲① · 建党百年礼赞（二首）
（2021 年夏月）

其一

长夜星火亮，南湖船起航。唤醒睡狮震天吼，举旗立党为兴邦。南昌起义军，会师在井冈。北伐讨纣有铁军，抗日驱寇功无量。

其二

雄师过大江，建国慰炎黄。港澳回归雪国耻，改革开放写华章。科学谋发展，脱贫奔小康。建党百年创盛世，中华复兴再辉煌！

注：①此自度曲系按电视剧《四世同堂》主题歌京韵大鼓《重整河山待后生》（雷振邦等作曲、林汝为作词）歌词句式"五五七七 五五七七"填写两段词，可依原曲谱演唱。

散曲 · 穿窗月 · 咏书艺（二首）

其一

笔生花，墨海无涯，贵持恒，毋掩瑕，博采汇众融通化。除呆滞，不浮滑，道悬腕肘方得法。

其二

字出神，逆入涩行，紧回收，龙凤腾，如刀笔力心出劲。云烟气，贵创新，读书万卷手心应。

天净沙·叹风雨人生

荣荣辱辱悲悲，风风雨雨摧摧，业业兢兢岁岁。劳劳累累，堂堂正正巍巍。

声律汉歌·咏竹（二首）

其一

不怕地清贫，早与蒿藜共雨淋，虚心气节贞。翠与松柏雪里吟，我自坚劲万古魂。

其二

潇洒本天生，兼备刚柔好秉性，百寻不计名。唯我作笛百啭莺，无花不惹蝶和蜂。

天净沙·真情赞

卿卿我我恩恩，坷坷坎坎辛辛，沫沫濡濡润润。恬恬静静，生生死死真真。

声律汉歌·咏梅（二首）

其一

风霜似剑斧，吹杀百花万木枯，蕊蕾碧成朱。雪中唤起春魂舞，暗中微笑何惧苦。

其二

不见燕回巢，但见红梅凌雪笑，枝头春意闹。香盈大地高格调，仙肌玉骨花枝俏。

楹联·感赋钻石婚

半辈疾风骤雨牵手，相濡以沫，不弃不离，苦辣酸甜，以血浇灌似海情义，生生死死缔结患难连理

八旬淡饭粗茶并肩，互暖依偎，相知相守，诗琴翰墨，用心编织如山恩德，喜喜悲悲合写传奇人生

横批：苦乐年华

福禄图
赵伟画（60 cm ×60 cm）

开怀抒襟眼界高，胸藏诗书气自豪。古传嫦娥舒广袖，今观巾帼披锦袍。载人飞船十三号，拔地惊天冲九霄。神舟神奇入天穹，巡天瞩目顷万涛。

张才诗并书（139cm×69cm）

彭太山卷

作者简介

　　彭太山　曾用名太华山人，湖北省天门市人，中共党员，高级讲师。中华诗词学会会员，竹韵精品诗社会员，平素喜弄舟诗海，不辍笔耕，践行培根固本、歌德抒情之创作宗旨，先后在省市级以上报刊上发表论文诗词三百五十多篇（首），与人合著《竟陵古韵新吟》《竟陵新韵》等格律诗集，分别由文汇出版社、作家出版社出版发行。

七律·闻党的二十大胜利召开感吟

群英盛会京华北，海内腾欢舞羽裳。
肉食庙堂谋略远，草根黎庶喜欣狂。
声声曲谱歌尧舜，处处桃源似故乡。
廿大巨轮航定向，征帆鼓满沐朝阳。

注：步杜甫《闻官军收河南河北》韵。

七律·咏莲

不饰铅华爱淡妆，碧波玉骨自然香。
翠裙霞帔亭亭立，清露熏风缕缕芳。
曾为顽童充雨盖，偶随少女赠檀郎。
一身高洁多诗意，千古吟人赋锦章。

七律·灯塔

大海茫茫夜幕横，曦光熠熠指航程。
洞明礁隐浮冰架，照见鸥翔搏浪鲸。
驱去三更霾雾暗，携来七彩曙霞生。
遥知彼岸频招手，洒尽辉煌慰远征。

七律·壬寅履新寄望

虎年生气满神州，果硕累累炯炯收。
三杰长空书壮志，五环大赛谱风流。
华堂锦帐隆中对，金稻银棉垄上稠。
纵有林魈难阻遏，一声长啸跃峰头。

七律·吾孙友友外傅之庆喜赋

蓬勃劲松新吐绿，添轮向上正逢时。
崇文一阁书堪赞，尚武跆拳道可期。
冬至温床人竖拇，重阳怀橘我扬眉。
今朝雨露滋根壮，他日凌云傲凤池。

七律·寅年京都盛会喜赋

华堂璀璨映霞辉，拂面东风启幕帷。
两会群英谋划远，五环骄子凯旋归。
鸥翔鲸跃海天阔，春早人勤禾稼肥。
域外嘈嘈吾养晦，乘时蛰起巨龙飞。

七律·春日感怀

春到欣欣草木柔，人间有事复堪忧。
出门半掩罩遮面，拱手连声礼欠周。
战火俄乌燃正烈，立场中美辩难休。

何时内外两清靖，遂我岱宗三孔游。

七律·春耕忆

每闻布谷唤春耕，常忆村头飘赤旌。
选种儿童收纸鹤，试犁老者探墒情。
隆隆机械岳家骑，郁郁秧棚细柳营。
旷野如今寥落甚，悯农心事总难平。

七律·读《以德报怨的母亲》有寄

欲学孟郊词意穷，春晖浩渺仰苍穹。
白山黑水绿能覆，浊渭清泾量可融。
稗草同时承雨露，雏枭一样沐熏风。
漫言大爱难图报，每饭当思漂絮功。

七律·清明怀舅妈肖运芝

往事温馨未敢忘，至今犹忆郑家娘。
高挑体态肌肤白，灵巧烹调饭菜香。
棉被烘炉冬日暖，土壶蒲扇夏天凉。
外婆揭我儿时短，曾尿舅妈新嫁床。

七律·清明怀姐夫鄂中安

商海曾经搏浪丛，屡赢绶带佩花红。
起家十堰苦征战，创业江城首建功。
沉湎丹青如妙手，率真性格似顽童。
每思风骨宛然在，复值清明泪雨融。

七律·立夏农村即景

寒瘦春姑卸晚妆，丰腴夏姐炫时裳。
扬鞭垄上犁耙响，采蜜花丛蜂蝶狂。
莺织燕衔环宅柳，粽熏蛙鼓遍荷塘。
人间四月生机畅，最是田家抢插忙。

七律·节令小满有悟

人生小满即佳境，贪欲无垠惹祸黩。
一范功成舟楫伴，三齐位定犬鹰烹。
豪庭难得睡眠足，寸土能留子嗣耕。
堪笑和珅财敌国，争如陶令酒盈觥。

注：小满者，物至于此小得盈满。

七律·闻老友王奇志著作付梓感吟

一介书生一布衣，平凡有志众称奇。
曾随伯乐选良马，也共园丁育劲枝。

许国齐家堪表率，铁肩妙手誉宗师。

人忧纸贵早行洛，我颂华封三祝辞。

七律·感守成弟能诗善画有悟

人将摩诘誉吾君，我道嘉禾赖莳耘。

身历炎凉神态静，腹藏锦绣挚情殷。

醴泉共享凭开掘，诗画同源难辨分。

莫羡声名文苑遍，应知业湛在于勤。

七律·闻友人《子雯诗集》付梓感吟

女中翘楚数吾卿，红袖盈馨藏玉琼。

妙手拈毫吟婉约，柔肩担责写纵横。

常讴家国天伦爱，每抒钟谭桑梓情。

数载耕耘终获果，心香一瓣贺编成。

七律·次韵南望山人《生日有怀》

传承家祖飨生辰，八百春秋颂语频。

眼底英才皆入彀，胸中冰雪尽无尘。

吟坛敢斥假空大，文苑高歌美善真。

今日逢君庆华诞，尧时三祝长精神。

七律·壬寅诞辰自省

匆匆岁月付东流，检点平生几许愁。
昔日何曾挥汗马，今朝未敢诩羸牛。
有心弹奏知音少，无病呻吟诗客羞。
再世不随骐骥尾，男儿当占凤池头。

七律·诗酒耽梦

心仪高洁仰吟坛，宋雨唐风润万端。
屏约今贤同举盏，神邀古圣共凭栏。
赏花弄月倾情赋，拈韵流觞尽兴欢。
待把纤尘收拾净，全新光景给人看。

七律·耽溺微信感吟

每逢佳节涌春潮，转眼清空倍寂寥。
云树天涯方寸近，情亲咫尺大千遥。
鸡汤疗恙胜丸散，画饼充饥逾烤烧。
最是闲愁无释处，屏中岁月暗磨消。

七律·咏竹抒怀

逆旅劬劳身骨倦，清幽竹韵赋归田。
虚心勉我纳江海，劲节教人耻利权。
簌簌窗前翰墨影，萧萧梦里庶黎缘。

漫言枝叶空垂剑，把示不平吟壮篇。

七律·儿时捅马蜂窝有纪

忆昔村头蜂垒营，群童怂恿贸然行。
一篙搁去巢盘炸，两耳飙来哭闹声。
邻伴螫伤侵众怒，家严训诫动笞荆。
只图兴趣当时快，未省良言警此生。

七律·壬寅六月廿二夜梦某同事有纪

李牛曾斗气难匀，梦里相逢翻觉亲。
握手释冰恩怨泯，迭言责己巧机频。
嘱他珍摄轻名利，勉我修齐重凤麟。
半世落花悲逝水，一宵禅悟返童真。

七律·次韵周维《闻南京玄奘寺供奉战犯感吟》

玄奘西回功德昭，有人亵佛反崇妖。
屠刀沥血迹犹在，狼犬嗥声影未消。
众怒难平泉下怨，群情共伐寺中刁。
一场闹剧叹观止，长啸云天震飑飙。

七律·闻某儿媳为公爹让空调感吟

六月江城似火烹，有翁念子釜中行。

儿忧伏酷小家窘，媳揖清凉大义明。

爱化千端形态异，本源一字孝心贞。

人间避暑殿犹在，拂面轻风渡表旌。

七律·闻公交老年卡改敬老卡喜赋

尘世孰能耆返童，人谁不老应尊崇。

才迎满座芦花白，又送半窗枫叶红。

今日营生皆过客，当年创业尽英雄。

初闻卡语呼亲切，乐得翁婆笑意融。

美意延年
甘海斌篆刻（2.5 cm ×2.5 cm）

满江红纪念辛亥革命一百二十周年夏功并书

魏开功词并书《满江红·纪念辛亥革命一百一十周年》（139 cm×69 cm）

暴雨难收，长河上、波翻浪急。抬望眼，列强环伺，飘摇家国。首义枪声惊禹甸，武昌烽火回天术。想当年，拂晓问光明，何时出。

共和建，专制易，寻主义，三民立。喜江山换代，九州祥吉。成败是非今古事，往来代谢山河迹。征途远，正接力鸿图，全无敌。

张 洪 珍 卷

作者简介

张洪珍　女，20世纪50年代生于北京。中华诗词学会会员，北京香山诗社社长。曾任北京诗词学会第四届常务理事。与友人合撰出版《诗词曲赋知识手册》(商务印书馆出版)、《北京海淀楹联选注》（大众文艺出版社出版）、《纳兰性德词意图传》（开明出版社出版）。与友人共同主编《香山诗韵》《香山诗话》《香山韵语》等诗集，并荣获中华诗词六十年高峰论坛"优秀作品奖"，百年散文名家组委会颁发的"中国散文特别贡献奖"。

贺李永金司令八秩华诞

银燕翱翔掠碧空，乘风叱咤是英雄。
千层云海凭君过，万里长天任尔行。
琴剑龙潭播雅韵，诗田集著植花红。
新歌时代挥椽笔，描绿群山鹊鸟鸣。

鹧鸪天·永远跟党走

砥砺拼搏一百年，锤镰旗卷换人间。身躯铺就成功路，热血凝成伟业篇。

途漫漫，意拳拳，初心不忘深情连。指航北斗开新域，灿烂星光照山川。

三八妇女节有感

又逢丽日沐佳人，柳荡和风拂彩巾。
儒友俊仁频致意，网传馨语润心茵。

京都玉泉山感怀

万寿峦西凝翠色，逶迤又见玉泉峰。
旧时喜看珠帘挂，今日难闻琴瑟鸣。
丽塔凝辉仍伟岸，摩崖聚刻佛龛精。

半空殿外双碑立，池下荷颜醉碧亭。

历史的转折
——庆祝中国共产党二十大召开

骇浪惊天一巨船，星光破暗隘关穿。
千家唤起除霾散，万众凝心祛魅烟。
拨雾云开凭俊杰，重围搏出择明贤。
航程已到弦关处，叱咤长风再百年。

喜贺冬奥开幕式

天际黄河滚滚来，中华圣水润金垓。
冰方一立凝新意，六角花牵福运开。
圆舞音柔盈浪漫，抒情交响乐心裁。
旌旗炫酷京门聚，掠燕蛟龙逐奖魁。

咏颐和园益寿堂

景福阁下寿山前，更有琼楼美誉传。
宏殿曾居名亚子，轩窗读信释心弦。
主席设宴金樽举，宾客盈堂聚圣贤。
风雨同舟肝胆照，共谋国运月圆天。

父亲张还吾百年寿辰祭

雨珠滴落浥轻尘，夜静难眠忆父亲。
抗日平原杀倭寇，运筹海淀继昏晨。
编书三卷存文史，九九诗章好咏吟。
百望碑林留警句，骚坛门下有新人。

高碑店风韵赞

横贯清流渚地生，新发华韵有传承。
码头古镇千年史，漕运商家百铺呈。
炫舞高跷名国外，太平锣鼓响京城。
魁乡硕果枝条满，通惠金辉照远程。

永定河风采赋

银钩玉带岁时悠，连翠西山绕碧流。
九脉诞生燕国史，三川曾蜿润京瓯。
昆明湖阔盈南海，浅引高粱水溉畴。
今有新村称北臧，港湾浓绿隐鸣鸠。

瀛海镇咏怀

晾鹰台阔沐沧桑，五色韭珍蕴味长。
驻跸南宫隐秘史，皇家园囿叙辉煌。
蓝天绿树鸣飞鸟，碧水红花送暗香。

忆往农庄星灿烂，而今圆梦再帆扬。

香山小学修志有感

依山建校课窗轩，穿越时光二百年。
老树参天留古韵，鲜花簇地绽新妍。
遍集资料拾珍贝，拜访专家锦瑟传。
编得黉宫一卷史，杏坛碑志有佳篇。

颐和园景福阁铭

万寿山巅花正艳，楼台巧掩玉桥边。
西观香阁金辉美，东瞰池鱼谐趣园。
国共商谈同殿内，和平协议定窗前。
古都解放存佳史，画栋雕梁又一篇。

醉太平·赞母亲陆芳兰

德高品珍，芳香永存，抗敌顽，倍艰辛，勇牺牲奋进。思
亲忆亲，春阳暖身，众儿女沐温馨，永记慈母恩。

庚子端午节有感

乾坤竟遇瘴疾弥，妖小心狂疫气吹。
失色毒虫四海御，隔离魍魉五湖答。

驰援世界传温暖，链助全球解药施。
华夏民族崇道义，飘香糯粽万年诗。

赞东润基金会为疫区捐款

长江浪卷向东流，家国情怀天下忧。
红色基因肩壮志，传承薪火献鸿猷。

建军九十三周年咏怀
——和李永金司令员《八一军旗红》

起义南昌第一枪，战旗血染总飘扬。
如今母舰巡深海，布网天军导弹长。

缅怀常法宽先生

颍上门庭桂树香，梓乡人俊好文章。
诗词炼句织云锦，曲赋佳篇溢彩光。
巧撰百龙吟盛世，笔连杂剧续辉煌。
举樽老友蓬莱聚，沾墨瑶池写菊芳。

和李永金将军《大爱在身边》

迎春花灿柳芽鲜，领袖捐资爱意传。
犹似春风拂大地，凝心九域胜疾顽。

和张桂兴老师《新春寄语》

晶花翻洒润青田，日月轮回庚子年。
振翅金猪牵紫气，精灵玉鼠瑞云添。
强国万众攻坚路，致富千川花果山。
摘帽贫穷抛大海，小康喜报到门前。

和郑成新老师《生日感怀》

江城是我家，抽蕊满庭花。
固壁同心在，闭门为抗邪。
常思荆楚水，共赏洞庭霞。
疫后乌云散，再来品好茶。

和褚宝增老师

吟丝缕缕系真情，荡我胸中也沸腾。
欣看千山呈绿意，喜眸万户小康增。
欢歌鼓瑟添流韵，踏舞吹笙诗意兴。
剑胆平生抒志气，琴心律曲放高声。

奥运跳台感怀

连绵峻岫出高台，俯瞰青峦翩自开。
万里长城肩并立，山关一隘手牵陪。

群雄逐鹿寻功酒，单冠追金问鼎杯。

舞炫冰刀迎玉雪，划播五彩锦云来。

鹧鸪天·赞中关村医院皮肤科
三天攻克大毒痈

肆虐疮黁竟也狂，身痍难寐望天苍。几经乡陌寻医术，辗转城阡问药方。

途曲曲，步踉踉，福星喜遇见明光。悬壶济世逢高手，化雨春风祛病疡。

鹧鸪天·京都大寒铭

萧瑟天宫玉雪飘，纷纷洒洒尽招摇。逐穿楼阵窗前舞，上下翻飞喜气撩。

花洒洒，蝶潇潇。梨花素裹景妖娆。恭迎盛世平安岁，更喜江山格外娇。

李福祥卷

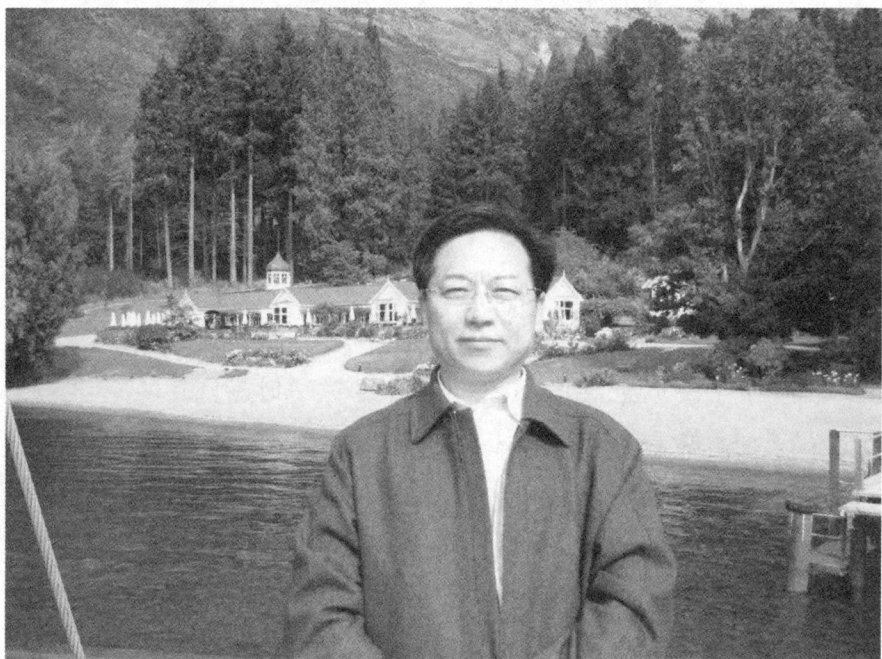

作者简介

李福祥　1954年生，河北省邯郸市人，中华诗词学会副会长、北京诗词学会会长、中国楹联学会会员、中国书法家协会会员。作品散见于《中华诗词》《诗刊》《中华辞赋》《北京日报》等报刊，出版《咏物诗书》《李福祥书法作品》等。

太行八陉

联通渤海握汾黄，风雨八陉耀太行。
斧砍刀削成峭丽，驼驮马踏越洪荒。
乾坤记忆斑斑在，岁月沧桑处处藏。
高速新开邻古道，繁花摇曳老山冈。

响堂石窟

故地重游倍感亲，儿时记忆一时新。
摩肩接踵无熟面，拂袖攀谈有复音。
六万碑经独细赏，四千造像共钦尊。
松风清气沁肝腑，白发乡愁长几分。

邯郸丛台

丛台古榭久闻名，赵武灵王善用兵。
诗圣一临歌欲旺，谪仙两至酒缘增。
尊贤祠里聆明训，醉月亭中赏翠萍。
学步顽童杳无迹，健身舞蹈正流行。

回车巷

串城窄巷有碑墙，名相遗风佳话长。

一次回车成业绩，数荆请罪显忠良。
行为细小格局大，举措平常魅力强。
故事发生千载上，今天依旧放光芒。

一二九师在太行

丁香开罢看紫荆，赤岸村头军号鸣。
刘邓双英排虎阵，岳行三省汇神兵。
歼击敌寇四十万，收复河山二百城。
国土不容丢半寸，红旗舞处又出征。

注：岳行指太岳、太行革命老区。

挂壁公路

太行又现新标志，玉带通衢悬峭壁。
云里穿行小轿车，崖间盘绕大生计。
路联岭外县脱贫，酒煮家中民顺意。
山货凌晨带露摘，香蔬拂晓进超市。

酒钢新貌

只见高炉不见烟，白云几朵去犹还。
一尘不染车间内，百卉争香冷塔边。
降耗节能提效益，减排增绿去污源。
工人个个丹青手，描绘酒钢天更蓝！

嘉峪湖景

丝路雄关景色殊，又闻戈壁建新湖。

澄波碧水上千亩，秀木奇葩百万株。

城市一朝添绿肺，黎民四季享清福。

风沙不扰珍禽乐，白鹭飞来筑爱屋。

讨赖河

融冰化雪涌甘泉，讨赖徜徉嘉峪关。

碧浪悠悠城角过，幽禽点点绿汀还。

岸边倩影犹习舞，河里金鱼却赋闲。

骚客漫游垂柳下，不分戈壁与江南。

雪中胡杨

丽日晨晖照素衣，清姿落在玉沙畦。

寒风瑟瑟如鸽哨，霜露晶晶似泪滴。

岭上蓝天犹灿灿，枝头黄叶已稀稀。

新冠与我真非故，期盼明春续牧笛。

浣溪沙·柴

砍树打柴不计年，唯图炉灶火苗欢。家家户户上炊烟。

燃料更新工序变，樵夫改做护林员。斧斤黄锈换青山。

渔家傲·米

美玉珍珠诚可贵，不及稻谷低头穗。粒米成全贤妇美，心连胃，升锅能煮江山媚。

屈子余粮民受惠，少陵儿饿空垂泪。沧海桑田安可废，靠侪辈，神州处处丰收岁。

山花子·油

美馔佳肴味是纲，八珍九鼎靠油扛。煎炒烹炸加少许，顿生香。

曾记家家糠拌菜，油星不落碗中汤。今劝亲人油减量，好牵肠。

山花子·盐

大浪离休入小田，几经暴晒长成盐。精选加工成尤物，佐甘餐。

君子之交言俱淡，烹调最恰是微咸。摄取不宜超过量，病难缠。

破阵子·酱

色具千般嬗变，味含百种奇香。汉武借神传古法，弘历千金买酱缸，提升民五坊。

益气健脾除瘴，解毒祛热清疮。调馔配食随雅意，宴客居家作便当，不妨送友尝。

鹧鸪天·醋

昔笑庸人抱醋坛，今闻智士爱吃酸。减肥活血防流感，开胃消食祛色斑。

味鲜美、价低廉，陈、香、米、果品牌全。醋街醋市供销旺，腰上葫芦不用拴。

玉楼春·茶

观彼色兮汤灿亮，闻彼味兮心荡漾。枝生云雾彩霞间，根系仙山丰壤上。

宜醒脑兮思路畅，能健身兮精气旺。闲来吟啸饮一杯，助我诗情三百丈。

捣练子·柳

踏晓雾、上京郊，沿路莺歌断续飘。水岸轻烟添雅气，嫩黄浅浅上林梢。

柳眼媚、絮花娇，如瀑柔丝垂到腰。万物探春谁更快，自然老柳占头条。

鹧鸪天·榆

哪路财神出手先，捐来串串绿铜钱。谁家庖宰做工湛，烹饪鲜香营养餐。

腰杆硬、老皮坚，昔随秦将戍边关；今推桃李门前列，乐奉陶言荫后檐。

玉楼春·松

雨润虬髯多伟岸，雪浸龙鳞犹烂漫，雄枝唯落鹤和鹰，霞友云朋长寿范。

适有粉丝来晤面，传报疫情重泛滥。松针若果治新冠，拔尽全身甘奉献！

双调·沉醉东风／冬奥开幕

选美赛、环球玉颜，电影节、旷世奇观，无敌世界杯，国际航空展，化装舞、巴西大狂欢。怎比上奥运双城耀五环？三亿众、把个冬天闹翻！

中吕·山坡羊／小镇元夕

蟾光初上，人潮即旺，元宵庙会灯花放。舞狮狂，耍龙长，姑娘莲步天仙样，小贩货摊一劲嚷：灌肠，脆又香；酿皮，滑又爽！

正宫·塞鸿秋／咏春

东君还睡闷头觉，玉兰还戴棉花套，路边野草芽没冒，枝头黄鹂声没叫。咏春热浪潮，已在微群闹。骚人笔快春先到。

中吕·山坡羊／胡杨树

橙云一片，黄云一片，如诗如梦如金灿。乍开园，紧关园，全民修筑联防线。勠力同心驱恶冠。今秋，婉拒咱；明年，再纵览！

正宫·塞鸿秋／祁连矿石

昏昏沉睡荒郊外，隆隆炮响急招待。匆匆送上传输带，纷纷跳下高炉盖。凤凰要涅槃，浴火君休怪，修成正果人人爱。

正宫·塞鸿秋／戈壁卵石

当年未把城墙筑，如今城下石铺路。明知戈壁风沙酷，甘由人畜来踱步。纵然体变圆，唯有心如故。年年岁岁把长城护！

中吕·山坡羊／白杨树

皮白如素，干直如柱，枝条个个朝天竖。雨稀疏，土稀疏。谁将戈壁风沙固，谁绘春晖归塞图？白杨，好媚妩；白杨，伟丈夫！

中吕·山坡羊／那达慕赛马

纵身一跨，响鞭一炸，的卢赤兔争高下。健如侠，俊如花。骁骑骤影英姿飒，蹄奋尘扬催悍马。疾风，追不上他；飞禽，超不过她。

正宫·醉太平／那达慕摔跤

裤肥筒高，虎背熊腰，那达慕大会彩旗飘，跤王过招。围着对手兜圈跳，突然大喊冲前抱，抓肩绊腿猛一抛，登时撂倒！

中吕·山坡羊／雪天访牧

树梢摇晃，鹅毛飞降，盟旗干部把家门上。送油粮，看牛羊，细查草料积存量，询问毡房凉不凉。受灾，不用慌；抗灾，斗志昂。

正宫·塞鸿秋／郑培民

齐家恰似袁宗道，治邦超过西门豹。忠诚堪比常山赵，洁身宛若周元皓。为人善戒骄，做事勤防躁。清风两袖名声俏！

注：郑培民，湖南省委原副书记，勤政爱民，牺牲在岗位，被评为"感动中国"2002年度人物。

正宫·塞鸿秋／张荣锁

回龙村隐云深处，出行犹靠猴梯度。老兵荣锁雄心树，领军鏖战开新路。率先舞铁锤，慷慨捐钱物。通衢挂壁村民富！

注：张荣锁，河南辉县回龙村书记，带领村民修挂壁公路，被评为"感动中国"2002年度人物。

正宫·塞鸿秋／彭士禄

幼时父母遭杀戮，童年被捕监牢住。延安一度当男护，苏联八载求知路。学习破壁功，掌握独门术。终成核潜艇亲生父！

注：彭士禄，革命先烈彭湃之子，中国第一任核潜艇总设计师，大亚湾核电站总指挥，被评为"感动中国"2021年度人物。

正宫·塞鸿秋／朱彦夫

四肢炸断长津畔，眼珠迸落冰湖岸。重伤不肯吃闲饭，回乡挂帅脱贫战。人生有所期，奋斗无极限。国人感动千千万！

注：朱彦夫，屡立战功，在长津湖战役中负重伤，经47次手术方保住性命，退伍回乡带领乡亲脱贫，被评为"感动中国"2021年度人物。

正宫·塞鸿秋／史光柱

史家谱上英雄柱，老山作战失双目。爱心拓展人生路，巨功还做发光树。助残逾万家，著作十多部。攒积稿费全捐付。

注：史光柱，一级战斗英雄，在老山作战时失去双眼，战后攻盲文，勤写作，成为著名诗人、作家、助残模范，被评为"感动中国"2009年度人物。

正宫·塞鸿秋／中国航天人

东方红曲环球绕，蟾宫取土挑精料。太空漫步真奇妙，航舱授课揭玄奥。"天和"紧筑巢，"天问"从火星落。中华圆梦时机到！

注：中国航天人20多年艰苦奋斗，先后14人勇闯天穹，创造了一个又一个奇迹，被评为"感动中国"2021年度人物。

正宫·塞鸿秋／阿西木

昆仑有个阿西木，震中挺立擎天柱。亲人落难无暇顾，组织抢救遭灾户。整修丰产田，铺筑柏油路。小村重建家家富！

注：阿西木，新疆巴楚县吐格曼贝希村党支部书记，震灾中痛失5位亲人，全力组织干群抢险，灾后带领村民重建家园，被评为"感动中国"2003年度人物。

正宫·塞鸿秋／常香玉

大师从小通音律，声如天籁人如玉。一生奉献家乡剧，晚年犹把新苗育。虽为娇媚身，却为国家虑。战机捐赠前方去！

注：常香玉，著名豫剧艺术家，被授予"最美奋斗者""全国劳动模范""全国优秀文艺工作者"称号，2009年被评为"100位新中国成立以来感动中国人物"。

正宫·塞鸿秋/李春燕

姑娘姓李名春燕，悬壶苗寨祛疾患。卖牛筹建卫生站，乡亲买药能赊欠。送医上筚门，出诊无昏旦。走村串户人人赞。

注：李春燕，贵州省大塘村赤脚医生，她卖牛筹款建村卫生室，努力为村民服务，被评为"感动中国"2005 年度人物。

正宫·塞鸿秋/张秉贵

柜台不大人格魅，技精艺湛名声粹。妇孺翁媪皆钦佩，丰碑矗立民心内。大楼百货多，诚信无缺位。一团火种传千辈！

注：张秉贵，生前系王府井百货大楼售货员，热情为民服务，创造"一团火精神"，其售货技艺被誉为"燕京第九景"，被评为"100 位新中国成立以来感动中国人物"。

正宫·塞鸿秋/梨趣

山村临水廿多户，梨园金果压弯树，乘兴摘采心怡物，买鲜不用拥商铺。白天郊野玩，日暮居农宿。让梨推枣民风睦！

正宫·塞鸿秋/苹果

红星姿色如花看，嘎拉香气扑鼻窜，国光爽脆牙根恋，金冠营养舌尖盼。乔君创意强，牛氏功名炫，洒家作曲一声叹！

正宫·塞鸿秋／葡萄

老藤越跨柴篱架，柔须钩卷纤身挂，珍珠几串悬腰下，蜜蜂几次来吟榻。微风送异香，一幅丹青画，入冬再把琼浆榨。

正宫·塞鸿秋／石榴

春天榴叶当茶泡，夏天榴萼昂头笑，秋天榴果皮撑爆，冬天榴酒藏深窖。榴家儿女多，子弟相拥抱，榴裙衬得人年少。

正宫·塞鸿秋／山楂

洁白花瓣如云雾，蛋青花蕊如针束，芬香虽引凤蝶顾，清姿不惹群芳妒。叶黄垂落时，果硕压弯树，羞红脸蛋麻斑儿布！

正宫·塞鸿秋／李白

少思辅弼谋官位，及长桀骜轻权贵；鸣鞭走马山河媚，吟诗对月朝夕醉。明知蜀道难，岂肯天梯废。谪仙笑孔人催泪。

正宫·塞鸿秋／杜甫

喜迎好雨飘春夜，乐登绝顶凌东岳，青丝眷恋鄜州月，白头犹念平戎策。少陵野老人，华夏雷门鹤。同称诗圣无国界！

正宫·醉太平 / 屈原

丹心热灼，学问渊博。遭逢谗害运蹉跎，纵身汨罗。《九章》伤痛山河破，《九歌》哀挽乾坤堕，《离骚》忧愤未酬国。忠魂再佐！

正宫·醉太平 / 苏东坡

平冈看孙郎，赤壁忆周郎，杭州挥汗浚泥塘，苏堤柳丝长。黄州食笋书风畅，惠州叹荔诗情旺，儋州匮米钓竿扬，州州是故乡！

正宫·醉太平 / 李清照

婉约女皇，落笔成章，秋千蹴罢赋千行，惟留感伤。情深无助家沦丧，意长偏遇人离荡，才高难挽运遭殃，生逢乱邦！

周维卷

作者简介

　　周维　别号葳蕤斋主。中华诗词学会、北京诗词学会会员，朝阳区诗词研究会研究员，华乐诗社副社长。机械工程师，20世纪70年代曾在燕山军工服务十余年，著有《燕山词章》。诗风追求高古、雅正，融于现代、体现生活、作品寄托安放灵魂，一路赋诗前行。诗词作品散见于各纸媒、网媒诗刊。

重温山中旧作感吟

沟壑嵌诗痕，真声留纸贵。
解开旧韵囊，犹散青山味。

第二故乡

苍穹鹏世界，湿地鹤家乡。
廿载燕山路，遐凝岁月光。

夜雨

侧枕闻天籁，欣欣入梦乡。
依稀归旧院，雨后满庭芳。

游故居近邻龙潭西湖公园有吟（二首）

其一

碧水生灵气，娇荷映日红。
时间埋足迹，梦在故园中。

其二

曾经遗梦处，湖畔有咱家。
相约荷仙子，悠哉钓晚霞。

天坛公园古柏

上苑伴皇天，葱茏八百年。
从容观世事，坐地老神仙。

烹秋

菊馥称三两，蛩声撷一囊。
秋光燃爨火，馔玉佐诗肠。

和久违老同学视频

视频惊老眼，黉友两相疑。
旧影难重拾，原声尚不欺。
欣聊乡梓梦，醉忆学堂时。
回望芳华苑，犹存兰蕊痴。

赓和熊东遨老师《壬寅新春放歌》

炎黄寄梦梦初醒，路漫漫兮行复行。
辛丑牛吟辞壮岁，壬寅虎啸荡雄声。
清扬正气红梅丽，洒落和光绿野平。
一缕东风苏九夏，春回大地共潮生。

怀

神思洒扫净纤尘，淡泊超然自在身。
粝食麻衣生玉节，银蟾心魄共冰轮。
从容痴念由天老，放纵豪情逐日新。
一刻白驹俄半世，皤翁终是梦中人。

壬寅桃花雪

欣观款款三春雪，玄武回眸去复来。
更喜琼花豪兴起，漫随桃蕊笑颜开。
东风无力催新柳，阆苑飞仙筑玉台。
醉了芳馨圆一梦，巧施粉黛挂红腮。

贺范诗银先生七秩华诞

诗田韵亩久躬耕，国粹传承砥砺行。
军旅生涯芳誉远，文章造化逸风清。
古稀频作石音震，老骥长嘶凤铎鸣。
寿诞贺笺君永健，骚坛引路力擎旌。

悼邓小岚先生

苍莽太行萦碧峦，胭脂河畔醉中看。
迎春蜂蝶逐芳草，近水蒿蓬簇马兰。
奥曲童声歌盛会，清风鹤发瘁心丹。

岚光霞彩和天籁，笑慰英魂向玉坛。

梦吟

闲窗醉枕荡幽波。游弋时空度几何。
谒拜君贤多仰止，巡行稚叟复经过。
三生筑梦托顽石，一苇横江倚达摩。
亦蝶亦庄皆幻影，神思缕缕入南柯。

步和许兄《再访秦城》

沧桑一梦堡成监，醒后依然傍蟒山。
仕路浮生行险隘，权谋大剧败牢关。
为贪饮恨功皆废，乱政迷心罪可砭。
官场但求晴朗日，樊笼空置勿须添。

红叶诗社创社三十五周年有寄

军旗猎猎舞东风，卅五春秋叶更红。
玉塞吟魂担道义，金戈笔阵铸精忠。
拨弦诗律壶冰澈，弹铗词锋剑气雄。
变局催征闻号角，声声集结响长空。

韵和张素梅老师《华乐诗友微信评诗五十期有感》

网课诗评五十期，韵田律土漫耕犁。

如蚕咀叶凝冰茧，若燕营巢衔紫泥。

为藉高怀铺玉道，缘修灵感结云梯。

骚坛吟咏东方白，唤起朝霞闻晓鸡。

中秋感吟

团圆节近醉乡愁，半世堪惊海上舟。

游子经年吟底赋，故园明月忆中留。

浮生旧梦飞青鸟，过隙乌丝换白头。

酌酒擎杯酬百念，玉蟾同照一天秋。

端午话菖蒲

葱葱凝绿散幽香，瑞草天然着素装。

沁露和烟驱瘴秽，悬蒲仗正卫端阳。

修成清供置文案，静寄尘缘傍柳塘。

短剑青芒三百刃，长莛珠泪八千殇。

栖霞丹气承乾发，漱玉灵毫破晓光。

附石芹溪镶墨翠，仙根九节昊冥苍。

卜算子·步韵周文彰会长《新春贺词》

虎啸五色春，花绽缤纷树。光映街衢五线飞，元夜霓虹路。

拈须索新词，酒罢抟春句。早把灵犀付东风，启牖迎春驻。

江城子·春来声声布谷啼

长林布谷啭和鸣。唤嘤嘤。应声声。我我卿卿，佳偶振花翎。自是春情催婉妙，犹钦羡，最堪听。

春来无处不清明。草还青，水通灵。啼血杜鹃，啼血碧珠凝。娲女补天顽石老，酬梅约，誓山盟。

鹧鸪天·游中国园林博物馆

水榭亭台曲径幽。飞檐出阙美风流。清波锦鲤浮云影，斑竹霞窗映画楼。

情底醉，梦中游。江南丽景入清眸。天人最恰形神合，琼苑怡情两不休。

一七令·咏梅兰竹菊

梅。

冷蕊，琼枝。

酬白雪，待春晖。

轻舒傲骨，怒放清姿。

迎来春雨润，唤觉百花归。

隔角更宜烂漫，冰崖尽展芳菲。

寒夜飞英摇疏影，暗香浮动漫萦回。

兰。

空谷，花仙。

邻奇石，伴清泉。

朝承玉露，夕沐岚烟。

世民吟淑媚，李白著名篇。

雅韵醉弥阆苑，芳名誉满蓬山。

细叶灵姿酬清梦，香风一袭漫云川。

竹。

清风，绿谷。

夏当窗，春绕屋。

浥露滋润，怡心悦目。

青遮上苑溪，林覆南山麓。

瑶躯隐雾喧啸，玉干冲云竞逐。

紫箫入梦韵萦回，篁海客游楼底宿。

菊。

东篱，茅屋。

靖节居，南山麓。

傲骨骄色，寒香冷馥。

琼蕊染明黄，葱心凝碧绿。

丝管若流悬瀑，团瓣重围抱玉。

更欣浥露彩霞蒸，犹喜傲霜花锦簇。

赵发洪卷

作者简介

　　赵发洪　曾任空军第七飞行学院和空军航空大学飞训基地政委。中华诗词学会理事，中国楹联学会常务理事，北京诗词学会和楹联学会副会长。出版、主编、编辑多部作品。诗词楹联作品散见于国家、省、市有关报刊。

浪淘沙·闻房山获诗词之区称号有感

（2021 年 12 月 27 日）

把酒借东风，韵送长空。桂冠喜落雅区中。声誉远传京内外，鼓舞西东。

贾岛祖师公，佳作成峰。激之后者茂诗丛。隽句雅章如栉比，漫野征鸿。

壬寅寄语

（2022 年 1 月 1 日）

时节日历轮，数点岭梅春。
岁启征鸿远，冰融物厚新。

喜迎冬奥即景（二首）

（2022 年 1 月 28 日）

其一
赛场浓抹皑皑雪，崇礼峰巅旌帜列。
奥运村中肤色迷，热身馆里叫声绝。

其二
双背张开迎远客，国门璀璨五环结。
心花怒放健儿来，热血沸腾观众切。

时隔八年北京守岁

（2022 年 2 月 1 日）

夜月长空满眼星，比邻海角更晶明。
门披联对书童手，院挂灯笼竹杖箐。
杯碰时光添岁永，火燃春晚透欣荣。
浓浓冬奥幕开起，退思尽觞冰雪情。

一枝春·贺北京冬奥会

（2022 年 2 月 20 日）

四海狂儿，雪花迎，与虎之春同列。圆环碧碗，鼎沸鸟巢鳞叠。缤纷奥运，两轮曲、古长城月。清冽景，遗旧流光，笑问馆场惊绝。

微微火苗圣洁。透冰能、玉雪飞溅心热。金丝带长，旋律灼燃铁血。奔流泪泣，挥劲手漫途轻别。真以为，些许嘘声，淹消卓越。

早春西陵峡磨基山行

（2022 年 2 月 28 日）

盘崖细绕磨基山，俯眺大江泊画船。
芽冒半峰时雨润，燕喃空谷破春寒。
西陵新境如生笋，楚水好风独采兰。
故土清溪依岸上，道途十里忆屈原。

鹧鸪天·赞两会通道

（2022 年 3 月 10 日）

国计民生通道倾，静端娓娓道来情。权威传递大国策，民意畅达万众声。

话福祉，诉真诚。心中洋溢党英明。春风三月寒冰破，更待知音踵后逢。

鹧鸪天·劳动光荣

（2022 年 4 月 29 日）

水面稻花泥淖虾，山前屋后果瓜茶。塘肥鱼跃网撕破，仓满农歌日照斜。

老茧手，厚生涯。蓝天碧户伴身华。丰饶日子谁开拓，劳动光荣殷实家。

纪念毛主席在延安文艺座谈会上的讲话八十周年

（2022 年 5 月 28 日）

曲谱铿锵语，清吟八十年。
春晖生壮丽，明月耀中天。
纵使风云雨，依然灯火船。
甘霖留笔底，声律自无偏。

喜迎党的二十大（二首）

（2022 年 6 月 9 日）

其一

沟壑纵横磨难多，巨人挥手改山河。
九千万众中流柱，险浪惊涛奈我何？

其二

不负初心一首歌，铿锵清彻笑吟哦。
为民谋利怡情事，补缀乾坤自信多。

勇斗歹徒的英雄赵新民

（2022 年 7 月 11 日）

暴虐凶徒腰捆弹，英雄无畏显威严。
周旋恶棍凭机智，护佑人民闯险关。
正气铸成钢铁胆，警徽映亮蔚蓝天。
青春热血凝忠勇，烈士骁名史册镌。

观反台独演训有感

（2022 年 8 月 5 日）

郑公始克逐红夷，倭子欺凌半世迟。
沆瀣孽妖精计算，东风快递一圈篱。

休渔夜港遐想

（2022 年 8 月 12 日）

宁静港湾孤月光，稻花风动暗流香。
翘心开海千帆过，佳景宜人几许航。

休渔开网晨景

（2022 年 8 月 15 日）

一声长笛一船腥，沐雨梳风沧海丁。
旭日晨光迎笑客，公平买卖亦秤停。

疫隔海南宅居漫咏

（2022 年 8 月 16 日）

倒是清孤莫问缘，核酸排队不差天。
与孙同习二王帖，和伴共操一勺鲜。
茶酒无言释浓淡，诗书有韵总亏眠。
这山望着那山远，思域琼涯快解悬。

观空军航空开放日

（2022 年 8 月 26 日）

长天万里伞花红，翅掠衔弦臂挽弓。
铁笛穿云惊日月，丹心破壁砺雄风。

新军新阵大棋谱，战训战鹰全候空。

卧骨十年刀溅血，东方狮吼美西蒙。

满庭芳·壬寅之秋

（2022年9月1日）

绵雨初来，金风怡爽，长天顿失骄阳。江南塞北，何处不浓妆。放眼江河湖海，渔开网、竞渡帆樯。旷千里，苍烟凝碧，大地已飘香。

今年秋更好，日新月著，笃实辉光。更清曲，起腰舞泼玄黄。要问神州盛事，数十月、最喜繁忙。看云鹤，展来秋纸，不吝写华章。

西江月·题武汉 P4 实验室

（2022年9月14日）

楚塞同云气概，江城伴鹤英雄。神区硅谷奥盲攻，高地织来新梦。

若问设施何用，穷追致病元凶。填平空白不能庸，生物安全鼎重。

鹧鸪天·又到重阳

（2022年10月3日）

时至秋深斜日红，青穹流碧海云空。金樽邀约登高岸，翠袖琴心踏远峰。

情所至，曲词工。欣然白首梦相同。续弹锦瑟歌清越，醉在晴光夕照中。

水调歌头·感怀党代会
（2022 年 11 月 3 日）

次次在十月，禹甸色红葩。江山如画如血，还有日边霞。难忘饥肠饿肚，多少孩童褴褛，贫苦在根芽。一支春天曲，催醒我中华。

国门开，航启碇，向阳花。扬眉吐气，无数同侣走天涯。锦绣年年新面，好梦天天相望，苍赤小康家。舵手领航正，赢得世人夸。

临江仙·感冬
（2022 年 11 月 20 日）

紫韵阡陌冬霜雨，君怜红叶青山。漫园薄雾宛如烟。野畦丰果落，大地唤沉眠。

兴安岭上空卷雪，海崖胜似春喧。天南地北迥非然。收藏万斛物，赐予度新年。

郑庆红卷

作者简介

　　郑庆红　女，1958年4月出生，湖北省石首市人。中共党员，经济管理研究生，中华诗词学会会员，北京诗词学会会员，龙潭诗社副社长。在中华诗词学会诗刊、北京诗词学会诗刊发表诗词50多首。《金秋的风》获北京市农委奔小康诗词竞赛一等奖（现代诗）；《七律·北国金秋》获北京诗词学会端午诗词竞赛三等奖。

七律·元大都之海棠花溪

春风解语问花溪，谁予遗园织锦堤。
粉面桃腮庄穆①妒，胭颜秀萼汉卿②迷。
东流逝水吟元曲，北逸凋红舞彩霓。
商略黄昏凭吊古，海棠依旧柳莺啼。

注：①庄穆指元朝大美人庄穆皇后。 ②汉卿即关汉卿。

孟秋放飞

望处云销雨骤收，清风碧野鸟啁啾。
塘花渐老辞荥水，梧叶新黄卷孟秋。
浪逐斜阳三峡下，余邀皓月五湖游。
何须宋玉悲歌唱，万里江河任放舟。

咏荷

清香冉冉远尘嚣，翠盖凌波碧影韶。
出落红颜身自洁，初成蓬果子多娇。
忽如一日池风起，犹见三秋荷柳飘。
赖有本根藏玉节，来年漾水更妖娆。

咏竹

黛抹苍山纺绿纱，天成直节蕴清遐。
青童岭上摇新月，红雨阶前洗物华。
傲骨凭风三雅客，虚怀喜宴七贤家。
淡看竖宦萦朱墨，玉立凌云盖九葩。

咏松

群山巍奕凛然松，绝顶凌霄更郁茏。
借得清风衔日月，凭迎皓雪挽峦峰。
无心百媚争朝露，着意千秋托晚钟。
历尽沧桑多少事，遒枝劲叶写从容。

庚子春分

瑞日晖移赤道经，描红染紫艳华庭。
桃花点点飞珠露，暗柳绦绦舞絮星。
彩彻区明苍海碧，云消雨霁莽山青。
庚春莫予风来晚，留得芬芳遍地馨。

寒露

鸿雁来宾一候凉，长空陌野两苍茫。
西池碧水微波皱，东圃寒花众色镶。
咏叹淤泥埋玉节，探看弓月入瑶房。

关山迢递凝清露，更有秋思促别觞。

八一建军节

洪都起义一声枪，中国工农着武装。
万里长征天地撼，三军盛会大旗扬。
挥戈北土驱倭寇，横槊钟山定海疆。
无数忠魂熔铁血，边防固守若金汤。

观昌平夫妻大棚花圃

南湾垄苑罩云纱，满圃嫣红曳晚霞。
百媚迎宾争馥郁，千姿送意竞芳华。
何愁陌上飘梧叶，但喜棚中怒锦花。
挥汗勤浇财富树，夫妻已进小康家。

高碑店

岁月悠悠绿水长，源头通惠贯京杭。
平津古闸云帆过，文化新街彩凤翔。
红木家私承雅韵，青衫墨海写华章。
钟灵毓秀高碑店，誉冀环球第一乡。

满江红·七七事变

长恨难忘，芦沟变，枪声忽烈。烽烟起，宛平城陷，九州悲切，国土沉沦家破碎，哀鸿泣诉音嘶竭。睡狮醒，挥剑指长天，英雄抉。

驱倭寇，偿耻雪，还锦绣，朝天阙。漫路西风恶，斩妖除孽。一片丹心红似火，万千壮士坚如铁。中国梦、处处奋旌旗，龙腾越。

新米

十一岁那年，父关"牛棚"，我随哥姐下乡寄读，记得那年早谷熟了，我在老乡那里换了些新米煮粥、蒸发糕。童年新米的味道，至今唇齿留香！

田蛙鼓叫稻金黄，又梦童年新米香。
如玉蒸糕绵滑爽，晶莹白粥胜琼浆。

咏槐

泻地浓荫七月槐，穹枝鸣雨洗炎埃。
琪花昨夜纷纷落，但得清香入牖来。

海棠花

相间粉白李桃妆，满树春风怒海棠。
但问红肥新绿瘦，翩翩花雨舞苍茫。

大寒

一弯冷月照埏垓，万树冰花孰剪裁？
凛冽寒风牛笛婉，耕犁覆雪报春来。

玉兰

庭院春深有玉兰，风摇疏影锦花攒。
含冰萼彩如星璀，一缕幽香入广寒。

立秋

阵雨清晨报立秋，凌人暑气岂堪休。
声声知了撕星晓，雁未南飞虎①漫游。

注：①虎指秋老虎。

黄鹤楼咏怀（三首）

（一）

仙人黄鹤寄空楼，浊浪排空没鹦洲。
百舸千帆江笛远，龟蛇岁岁锁东流。

（二）

声传梅笛出江楼，远水犁帆浪拍洲。
识得风云生幻象，一航岁月尽方遒。

（三）

硝烟烽火历经蹂，黄鹤无踪放浦鸥。

迁客骚人吟雅韵，倾江墨楮写风流。

庐山瀑布

石径梯阶入霁峰，薄纱杳霭掩清容。

白虹落处银珠碎，留得芳音伴月笼。

庐山西海

兰舟柘水绕重山，镜浦微澜枕绿鬟。

欲上桃花峰览秀，沧烟似海矞云间。

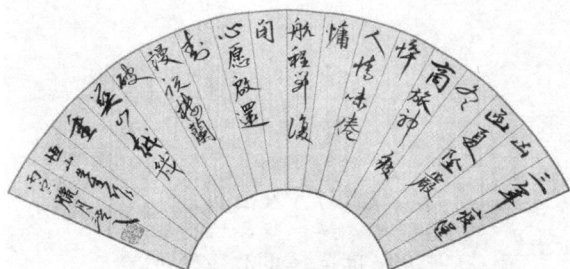

三年疫逞凶，函夏坠严冬。商旅神疲悴，人情味倦慵。航程开复闭，心愿启还封。谩说楼兰破，关山越几重。

臧新义书范恒山先生《五律·无题》（60 cm × 40 cm）

晴明风日好，入画动光霞。
茎引亭亭绿，荷香灼灼华。
棹舟采莲乐，戏水扣舷划。
忘我不知返，闲游日转斜。

魏开功诗并书《夏日游洪湖》（69 cm × 139 cm）

甘海斌卷

作者简介

　　甘海斌　自号馨心斋主，别署茶圣故里人，1959年7月出生于湖北省天门市，研究生学历。中华诗词学会会员，中国楹联学会名誉理事，中国楹联学会传统文化研究院顾问。原总后勤部某局副局长（正师职）退休，大校军衔。有《梦之痕》、《聊天心语》、《诗海撷珠》、《竟陵新韵》（合著）等著作出版。在报刊、网络媒体发表诗文数百篇。

花甲自度

（2009 年 7 月 23 日）

花甲人生岂算长，无情岁月总炎凉。

执戈充旅酬忠国，解甲归庭思孝娘。

喜读诗书文脉静，厌烦俗套梦鼾香。

莫嫌年老不中用，日咏佳言韵四行。

鹧鸪天·春游怀柔雁栖湖

（2020 年 3 月 16 日）

葱绿鹅黄映晓天，桃花碧水衬炊烟。春风无意梳新叶，酥雨多情润旧颜。

山倒影，浪轻翻，疾驰车载劲歌传。雁栖湖畔游人醉，会展中心绮梦圆。

观航天英雄回家有感

（2020 年 4 月 16 日）

阳春吉日出霞虹，三杰当归别太空。

王母瑶池虽暂别，玉皇圣殿待重逢。

嫦娥舒袖当空舞，吴质挥枝惜意融。

俯瞰神州旌猎猎，近观人海色红红。

醉花阴·秋雨

（2021 年 9 月 3 日）

　　不觉已是中秋候，晴霁黄昏后。暑气顿消停，喜看虹霞，炫彩临窗牖。

　　密丝细雨连山岫，河水清波皱。天气似温柔，独倚高楼，阵阵凉风透。

中秋感怀

（2021 年 9 月 21 日）

月满西楼夜未央，觥筹难续旧时光。
零花寂寂秋池冷，逝水悠悠柳叶黄。
无悔初心心却老，独存绮梦梦还长。
最怜十五瑶台畔，谁把清愁碾断肠。

秋梦

（2021 年 9 月 29 日）

冰轮高挂自清幽，独向长空万里游。
逐水迎风波缱绻，凭栏掬月语温柔。
花开寺内添香韵，叶落阶前近晚秋。
暗处成全人不觉，团圆梦在此宵留。

谒范公祠有感

（2021 年 9 月 30 日）

史上谁人谥文正？今朝拜谒到邹平。

寒儒划粥勤耕读，僧侣刨金耻留名。

身处庙堂思社稷，心怀天下悯黎情。

不悲不喜长超度，后乐先忧永耳萦。

永遇乐·国庆赋

（2021 年 10 月 1 日）

满目疮痍，一穷二白，创业无础。自力更生，多年苦战，开创腾飞路。菇云升起，太空高唱，红曲声传寰宇。瞰天下，神州制造，源源出口堪妒。

宏图大展，一带一路，各行风鹏正举。国力攀升，势超欧美，任凭风和雨。探星揽月，蛟龙潜海，高铁飞驰来去。七旬矣，盖世伟业，烁今震古。

鹧鸪天·金秋诗友相聚

（2021 年 10 月 7 日）

习习秋风天幕茫，柳榆摇曳叶呈黄。道旁老叟吟哦缓，池面鱼鹰捕捉忙。

山黛远，水波长，玉桥霞彩衬彤阳。郊畴晒起枫千赭，楼室飘来肴百香。

浪淘沙·颐和园

（2021 年 10 月 12 日）

　　绿树掩行宫，楼宇重重，山光水色映眸中。玉带桥连烟柳岸，流彩飞虹。

　　彩蝶逐花丛，嗅遍香浓。长丝袅袅引微风。百转长廊观彩绘，妙趣无穷。

往来星际任西东

（2021 年 10 月 16 日）

　　神舟十三号载人飞船已于今日（10 月 16 日）0 时 23 分在酒泉卫星发射基地发射，并取得圆满成功。翟志刚、王亚平、叶光富三位航天员将在太空舱开展科学实验，按计划将于半年后返回地面。余在电视屏幕前观看实况直播，心潮澎湃，彻夜难眠，感而有吟。

　　　酒泉又见火光焰，喜贺十三冲太空。
　　　宏志铺平寰宇路，雄心启动九霄宫。
　　　繁星吟诵中华梦，皓月高歌盖世功。
　　　驰别人间超半载，往来星际任西东。

回乡参加天门同学会

（2021 年 11 月 9 日）

　　　忆昔同窗弱冠郎，重逢聚首鬓如霜。
　　　陌生因失原容貌，亲近依然旧目光。
　　　不凭官阶随意坐，只论庚齿共吟觞。
　　　家长里短欢颜叙，相约来年再返乡。

网上办书展

（2021 年 11 月 25 日）

余于 11 月 18 日在网络平台上举办了"《孜孜以求，弘道养正——名家评甘海斌其人其字》的书法作品展"，大获成功。短短一周，浏览点击量即破万（人次），好评如潮。文旅中国、百度、腾讯、搜狐、网易等网络媒体先后转发，观者不计其数。故欣然命笔，赋诗一首。

沐浴清晖伏案头，扬帆墨海度春秋。

名驰塞外心潮涌，誉骋江南热泪流。

有志千锤成老骥，无私百炼上高楼。

凭栏遥眺斜阳处，暮色苍茫慨莫愁。

清明

（2022 年 4 月 5 日）

薄暝烟雨罩乡村，又祭清明酒一樽。

草木年年春竞发，寸心怎慰故人魂？

春茶

（2022 年 4 月 6 日）

素闻佳茗似佳人，笑倚东风隔世尘。

我借山间三月水，玉芽烹作一壶春。

上海抗疫有感

（2022 年 4 月 13 日）

沪上哀遭疫染城，已闻廿万国人惊。

清零底线须坚守，尽扫阴霾见朗晴。

游玉渊潭随观

（2022 年 5 月 16 日）

入园观水漾，缓步赏春光。

绿柳摇姿美，樱花溢蕊香。

鸳鸯随野鸭，鸦雀跃榆杨。

湖岸笙箫处，轻歌伴舞狂。

莲花池观荷

（2022 年 6 月 20 日）

春来菡碧换新妆，负劳蜻蜓眷顾忙。

夏浴出帏千代羡，情痴玉立万年芳。

秋深萎叶竞相褪，干皱莲房半欲藏。

冬雪覆身尘不染，沉泥玉臂溢清香。

望海潮·咏莲

（2022 年 6 月 20 日）

玉栏馨韵，丹心淑气，瑶池织锦芳华。仙子出波，霓裳耀目，竞乖并蒂噫嗟。怀性秉无瑕，静思碧函梦，丝络天涯。映宇澄波，摇曳叠浪浪冲霞。

堪为百卉奇葩，看佛台重叠，惟此莲花。茎濯污流，根生浊壤，婷婷翠盖清嘉。菡萏任横斜。喜蜻蜓吻角，相伴鸣蛙。蕊似香妃嫣笑，姿色凭君夸。

万年欢·庆祝党的二十大召开
（2022 年 7 月 1 日）

夏赏莲芳，忆南湖孤舫，闪灼红光。笃定初心，华夏肇启新航。万里征程壮举，驱倭寇，倒蒋兴邦。锤镰振，旗帜高扬，道通国富民强。

苍穹摘星揽月，又捉鳖五洋，超越西方。脱困扶贫精准，举世无双。抗疫清零灭瘴，视命贵、尽显担当。民心盼，盛会召开，承续辉煌。

满江红·喜迎党的二十大
（2022 年 7 月 1 日）

古老神州，普天庆，豪情奔放。瞰明月，银光泻地，心怡神旷。复兴繁荣非远梦，前行灯塔正航向。启新程，破浪鼓帆行，铿锵唱。

江山固，疆防壮。求一统，升军帐。宝岛孤悬久，速驰飞将。劲旅威风台海起，雄师胆气吞妖瘴。欣可期，锦绣大中华，乾坤朗。

行香子·梦亲

（2022年7月12日）

往事前尘，反复斟量。逝光阴、塞满行装。漫搜记忆，领略无常。奈今生缘，红尘隔，别时惶。

时常唤我，柔声细语，却回回、梦泪成行。慈严契阔，似昨依傍。剩情难了，悲无尽，念宜藏。

定风波·观台海演训有感

（2022年8月5日）

宝岛周边演训忙，戒惩独贼慑豺狼。实弹射飞掀巨浪，回荡。练兵备战卫吾疆。

若是蚍蜉痴撼树，死路。阻挠一统梦黄粱。两岸同胞应互谅，共仰。中华复兴铸辉煌。

闻我军台岛周边实战演训而吟

（2022年8月5日）

利剑出鞘威势壮，六方围岛气吞苍。
鹰飞九昊能探月，弹越全空似穿杨。
何必弯弓屠鬼魅，只需机智灭魔王。
弟兄忌惮兵戎见，两岸相安尚可商。

游惠州西湖
（2022 年 9 月 3 日）

中秋未到月弯弧，水映闲身入画图。
暮色苍茫迷望眼，半城灯火半城湖。

中秋怀月
（2022 年 9 月 8 日）

蟾宫今夕竞相望，天上凡间赏洁光。
姮女舒裳祛郁舞，吴刚止伐把忧忘。
兔研灵药除新害，羿盼团圆欲断肠。
酌酒擎杯酬祷念，万家欢聚世人康。

咏桂花
（2022 年 9 月 19 日）

仲秋时节压群芳，更胜榴红与橘黄。
气韵深藏随志趣，幽香浸骨入心房。
清风拂面千年誉，皓月凌空万里彰。
若有桂枝常在手，何须沉麝贮腰囊。

汪桃义卷

作者简介

汪桃义　1963年3月出生，湖北省天门市人。中共党员，高级工程师。现任中国石油工程建设有限公司副总经理，中国施工企业管理协会副会长、中国石油工程建设协会副会长等。爱好古体诗词创作，北京诗词协会会员，中华诗词学会会员，其作品多次在《中华诗词》《北京诗苑》《地火》以及《中国石油报》等报刊上发表。

七律·天门糖塑

（2015 年 4 月 20 日）

挑担村间道巷行，惹来童跃起欢声。
呼兄唤母零钱聚，活虎生龙巧手成。
舌舔仙人神色喜，眼观壮士热情腾。
糖翁已伴流光去，可叹非遗少继承。

踏莎行·月下捉迷藏

（2015 年 5 月 10 日）

皓月悬空，清风拂面，村屋树影氤氲染。曲弯老巷静无人，
蛙鸣犬吠清幽远。

狡诈寻藏，机灵探看，你追我跑发惊叹。捉迷交替不生烦，
汗流浃背难知返。

浪淘沙·放风筝

（2015 年 7 月 1 日）

新绿满田原，杨柳堆烟，清岚花影俏容颜。碧宇翱翔七彩
客，上下腾欢。

童趣翊高天，遐想翩翩，父兄合力制飞鸢。须乘东风春作
伴，一梦云巅。

忆江南·童年好

（2015年8月11日）

童年好，任性趣无边。一枕酣欢贪睡梦，寻踪郊野不思还。能不忆童年？

黄莺儿·故园春色当晨秀

（2020年4月12日）

昨夜一梦，于故乡春天的早晨，遇到了阔别六年的母亲。感慨万分，填词以记之。

故园春色当晨秀。青草成茵，凝露沾花，小桥溪流，百鸟声斗。观麦绿起微波，路静生烟柳。喜逢慈母田间，汗浸衣衫，肩载背篓。

惭疚。泪涌欲三呼，梦醒难消受。感恩常怀，砥砺营生，终将美德持守。须海阔任鱼游，道远随心走。若续梦里芳华，莫道离情厚。

凤凰台上忆吹箫·已理乱绪千头
——感怀回不去的故乡

（2020年11月25日）

无数相思，常萦梦里，趁闲再度重游。又正是、霜浓露重，彩绘深秋。沿途纵闻乡语，相视中，何以开喉。唯渠水，依稀若旧，缓缓东流。

清寂竹林小径，童与叟，难寻昨日村楼。怎堪忍，田头故冢，屋后涧沟。谁信人生百载，桑梓地，切莫添愁。韶光逝，已理乱绪千头。

满庭芳·青岛印象

（2021 年 3 月 7 日）

黄海之滨，胶州湾畔，岛城随处公园。绿阴清雅，红瓦碧波间。名震山河广宇，畅啤饮、谁羡八仙。常思念，独行栈道，海陆两奇观。

经年。忙事业，扎根异地，犹憾擦肩。几度京畿游，人事新篇。何惧疾行挨苦，不思悔、砥砺奔前。离别久，潮声浪涌，好梦去愁眠。

八声甘州·忆朝朝暮暮踏风沙

——哈萨克斯坦分公司调研随想

（2016 年 4 月 25 日）

忆朝朝暮暮踏风沙，征战未停休。建石油井场，长输泵站，横贯哈州。多少严寒酷暑，无怨写春秋。成就能源线，滚滚东流。

尽览辉煌来路，系铁人魂脉，兴奋难收。叹年来经冷，霜染苦和愁。看同仁，雄心不减，浪中搏，智慧驭飞舟。今宽慰，郁然正逝，喜上眉头。

离亭燕·更见萧萧奔马

——哈萨克斯坦奇姆肯特 PKOP 炼油厂建设随想

（2017 年 10 月 26 日）

刚从哈国回来，又奔波在北京至洛阳的 G673 高铁上。回味在炼厂建设项目现场几天的所见所闻，比对一年多前的情形，我十分震撼，感叹我们建设者的伟大和付出。特填词一首以示纪念。

沿路黄蝶飘洒，山水染秋成画。还忆去年荒草地，已是神工飞架。远近赛生机，横纵抱拥天塔。

责任指明当下，梦想紧贴标靶。些许险难风雨事，又载征程佳话。聚力再登高，更见萧萧奔马。

满江红·林海苍茫
——赴俄罗斯阿莫尔 AGPP 天然气项目调研感怀
（2019 年 9 月 18 日）

本项目工程浩大、技术复杂、工期漫长，要求也极度苛刻。在本属中国的土地上为俄罗斯民族复兴奉献，从进点至今，风雨坎坷，举步维艰，五味杂陈。即使如此，公司上下仍同心同德，正拨云见日，愈战愈强。有感于此，填词以记。

林海苍茫，长川静，遍藏秋色。空旷里，人忙机动，阵容开阔。数万雄兵摸与滚，三年奉献求和索。旧时恨，何用再添愁，徒迷惑。

瑷珲款①，犹未果。回归梦，急还迫。展中华新貌，健体强魄。放眼全球勤脚下，不辞昼夜因承诺。待那时，览尽美江山，她融我。

注：① "瑷珲款"指 1858 年 5 月 28 日，清政府与俄政府签订的条约，使得黑龙江以北、外兴安岭以南 60 万平方千米的国土被强行割让。

七律·酸甜苦辣汇成河
——庆贺阿尔及尔炼油厂顺利投产
（2020 年 6 月 20 日）

地中海畔起风波，三载攻坚奏凯歌。
休道来途难且险，但怀抱负大和多。
孽毒也惧冲天志，将士深知众望托。
喜庆千杯言不尽，酸甜苦辣汇成河。

青玉案·誓把华章赋
——献给中俄东线天然气管道工程建设者
（2020 年 8 月 4 日）

中俄东线天然气管道工程，是我国又一战略能源通道，东起黑龙江黑河，最终直达上海，全长 3600 多千米。如今东段已经投用。当前数千建设将士正在为中线 10 月 30 日投产日夜奋战。

开山潜水钻岩土。引颈望，长龙舞。似火骄阳浑不顾。整装执手、汗滴如注。光耀声威处。

朝工晚寝谁言苦？允诺常怀未停步。勿使愁思遮远目。撇家值守、寄情业主。誓把华章赋。

天仙子·近倚天山荒漠上
——献给塔里木乙烷制乙烯项目建设者
（2021 年 3 月 31 日）

近倚天山荒漠上。风卷雾黄无意赏。弧光频闪铸丰碑，临现场。工装靓。总记诺言神气爽。

疫疠蔓延多阻挡。团聚思归心底放。三千将士志趋同，忍惆怅。求保障。且看机欢人共畅。

永遇乐·时入深秋
——献给广东石化项目建设者
（2021 年 10 月 18 日）

蹉跎十余载，克难攻坚渐现曙光。几日来，深入班组，促膝交谈，感悟建设者的不易和伟大。面对常年奔波的同事，浮想联翩，敬意<u>丛生</u>。填词以赋。

时入深秋，粤东犹暖，风怡神爽。钢构通达，塔林耸立，最喜机声畅。令旗高展，鼓音犹重，总在三更惊恍。万千兵、浑然倾注，忘我汗洒值岗。

孤身瘦影，归期难料，遥忆妻儿模样。去日经年，天涯各守，缱绻还牵谅。于公为己，皆须奉献，连线传情分享。有多少、梦圆时刻，同欢共赏。

七律·苍松不老在人间
——纪念我的第一百本日记诞生
（2017 年 9 月 1 日）

清晨秉笔忆昨天，转眼恒心卅六年。
如此青葱呈苦乐，更多厚重现登攀。
奔波路上何曾醉，静顾宵中几可言。
莫道时光流逝快，苍松不老在人间。

吟者诗卷

七绝（七首）

其一　端午念母

（2018 年 6 月 17 日）

每逢端午粽飘香，梦里慈亲内外忙。

蛋粽同锅柴火煮，满桌诱惑唤儿尝。

其二　父亲节

深情厚爱重如山，举手能撑一片天。

身教言传何用报，关心片语可开颜。

其三　天涯海角

（2020 年 12 月 9 日）

有缘千里聚天涯，碧海云天彼岸花。

快艇随风心似浪，闲看海角戏白沙。

其四　三亚亚龙湾

（2020 年 12 月 10 日）

水如明镜碧含天，散淡银沙扮海湾。

叠浪轻狂频扑至，总撩游客笑湿衫。

其五　枝头圆月洒清光

（2018 年 9 月 24 日）

枝头圆月洒清光，拂面西风似冷霜。

独立窗前空对酒，且同客绪到家乡。

其六　中秋明月寄衷肠

中秋明月寄衷肠，游子难眠忆故乡。

杨柳池塘风弄影，百般滋味在心房。

其七　拉萨布达拉宫
（2021 年 7 月 19 日）

依山垒砌耸群楼，四色协调耀五洲。
一部辉煌诗画史，千年政教竞风流。

一剪梅·跨年夜闲吟
（2020 年 1 月 2 日）

寒夜深深福语飘。感恩曾经，祈愿明朝。窗前梅影送春来。
四海知音，微信欢聊。

疲累频袭睡意逃。诗韵存心，莫负良宵。此生悲喜与亲同。
"嘀嗒"声中，逐字推敲。

蝶恋花·上巳时分诗兴闹
（2021 年 4 月 10 日）

上巳时分诗兴闹。绕耳乡音，共酒杯中倒。千盏飞觞胸臆
表。相看文友红霞俏。

精美佳肴虽不少。心念"三蒸"，怎及儿时好。柳絮窗前
春欲老。人间最是情难了。

七律·人间何处不生花
（2021 年 4 月 16 日）

时光倾漏似流沙，残影纷披近晚霞。

欲理功名烦倦起，却谋闲业趣兴发。

胸无丘壑神多怠，腹有诗书气自华。

身在红尘心在外，人间何处不生花。

忆旧游·秋晨信步北京柳荫公园随想
（2021 年 10 月 27 日）

正霞光四溢，云淡风轻，信步无央。松竹犹苍郁，见鸟鸣欢跳，晨练铿锵。残荷半池摇曳，落叶趣徜徉。有柳绿嫣然，桂香沁润，菊绽金黄。

思量。自怡乐，看周边游客，快惬张扬。展望长空阔，又雁群比翼，逐梦南翔。年复一年更替，四季各新装。盼瘟疫消停，春风得意国永昌。

七律·除夕
（2022 年 1 月 31 日）

闲来尤爱戏乖孙，守岁团圆废寝跟。

和乐一门盈浩气，霭然满室醉童真。

偶谈晚会欢声趣，更忆家乡血脉亲。

溢彩流光消逝快，不觉已进虎年春。

蝶恋花·落夜小园独漫步
（2022 年 4 月 18 日）

落夜小园独漫步。花事凋零，顿觉春将暮。几许残红风助舞。朦胧缺月云常覆。

楼上窗明犹诱目。喁语欢歌，嬉闹声无数。一缕愁丝难尽诉。抬头望远生迷雾。

水调歌头·夕日绣林塔

（2022 年 4 月 20 日）

夕日绣林塔，管构衬长空。是谁精巧描绘，倏尔展神功。我借天梯遥看，愧对恢宏画卷，诗赋止于胸。最美数工匠，挥汗隐霞中。

去愁苦，勤脚力，众心同。奋发粤海，撑起一片战旗红。承揽未曾轻慢，践诺可期圆满，步履渐从容。一点浩然气，攀跃几重峰。

贺新郎·忐忑终圆梦
——广东石化项目顺利交付感怀

（2022 年 6 月 26 日）

忐忑终圆梦。忆来程，粤东鏖战，千帆相竞。独立潮头十余载，踏浪前行坚定。历万苦、方得完胜。喜见塔林多壮美，复登临，幻彩交相映。每至此，心难静。

频斟玉液催诗兴。叹笔墨，无以尽述，丰碑彪炳。流转别亲虽亏欠，未负家国当幸。怎能忘、恢宏踪影。挥汗无声何曾悔，愿余生、再把真情奉。笑与泪，皆风景。

沁园春·不负晴光

（2022 年 7 月 20 日）

正值广东石化项目最后攻坚关键阶段，有感于参战将士的言行及现场酷暑下砥砺前行的场面，步韵毛主席词《沁园春·雪》，向所有建设者致敬！

不负晴光，石化攻坚，令旗翩飘。见人头攒动，机声轧轧，条幅语壮，气势滔滔。管构通达，塔林竞耸，并指云天若比高。群情旺，赞严勘细筑，分外妖娆。

殷勤坚韧多娇。众工匠、拼搏累折腰。正东南西北，频传捷报，器仪铆电，更显风骚。去困担当，驰之未倦，勠力齐心精刻雕。粤海浪、汇细流汹涌，添彩熙朝。

菩萨蛮·航班准点催君去

——献给曾经一起付出的同事们

（2022 年 8 月 11 日）

航班准点催君去，宴堂摆酒留君叙。去叙有缘由，此情共两头。

别来无间隙，欲聚不得已。且把此杯干，重逢又哪年。

七律·带孙偶记——苦乐盈颊莫若真

（2021 年 11 月 11 日）

雪霁初晴景色新，风吹叶落舞缤纷。
河边热闹鸽童伴，院内悠闲老幼亲。
穷尽心思施膳饮，百般爱意备衣衾。

难得休假天伦享，苦乐盈颊莫若真。

行香子·塞雁回翔
（2021 年 2 月 4 日）

塞雁回翔。拟换轻装。暖东风、寒意收藏。此间万物，生气舒张。恋梅出芽、李出蕾、草出荒。

最喜春芳。四野弥香。栈桥边、棋阵声锵。笑言前往，鬓染飞霜。正低头惊、举头喜、晃头丧。

杜甫《望岳》诗一首："岱宗夫如何，齐鲁青未了。造化钟神秀，阴阳割昏晓。荡胸生层云，决眦入归鸟。会当凌绝顶，一览众山小。"

甘海斌书（139 cm × 69 cm）

九九何须步逐高，胸呈雄壁自英豪。七旬姜尚犹能相，六秩黄忠亦着袍。霜鬓雪髯难做（作）论，轻心重气且持牢。桑榆未晚休空诩，骄似枫红傲万涛。

卿建中书范恒山先生《七律·重阳抒怀》（139 ㎝ × 69 ㎝）

卿建中简介

自号景云书屋，四川省资阳市人，著名书法家，当代书法大家李铎先生入室弟子。军旅书画院院长。

作者简介

胡水堂　湖北省天门市人，中共党员，工学硕士，原总后勤部军事交通运输部综合局副局长、副研究员，中国国防交通协会职员。中华诗词学会会员，北京诗词学会会员。

踏莎行·追萤

（2018 年 7 月 7 日）

萤似繁星，星如萤火。似非又似星空娑。曳光幻影引童追，追风忘却先生课。

美梦经年，春秋几个。眼前旧事堆成垛。衰芦江渚浪花飞，烟波浩渺凌风舸。

风入松·西山

（2018 年 9 月 1 日）

西山雨后湛蓝光。蝶舞清香。无霾无雾无尘染，望闲云、秋草微黄。杨柳依然青翠。寒蝉亦似轻狂。

湖边芦苇鸟儿忙。鸭戏荷塘。柳堤漫步风和煦，平湖里、舟楫红妆。好将满腔思绪，难忘一缕斜阳。

浪淘沙慢·乡思

（2018 年 9 月 11 日）

晚秋临，梧桐岸草，略带愁绪。难掩微词细语。西风紧紧拂去。望院外梢枝知些许。红尘里、一夕迟暮。念往事秋来几多忆，经时从何叙？

儿趣。稚童历历无数。似叶蕊凋零，清风起、瓣瓣卷入土。难慰藉些思，唯有归处。自安倚树。云淡蓝天阔，西楼凭顾。

碧绿平湖飘香雾。襄河柳、为伊泪注。久离别、难言漂泊路。恨秋月、失约人期，弄夜色，空余满地黄花舞。

南乡子·中秋夜

（2018年9月22日）

又见雁南飞。人在他乡久未回。秋雨不经荷绿瘦，风吹。遥望潭湖鳜正肥。

丹桂沁心扉。荻舞江边絮乱追。皓月醉天今夜酒，思归。寂寞天涯又为谁？

高阳台·霜雪吟

（2018年11月23日）

雨雪纷纷，寒风瑟瑟，回眸已进初冬。星斗西沉，青山吹尽枫红。天高秀月临窗影，夜静阑、遥望苍穹。见行云，天也朦胧，人也朦胧。

春秋一念匆匆。又是芳尘谢落，霜雪青松。别酒盈斝，从前心事皆空。时光纵使东流水，怎奈何、老朽顽童。约儿时，篱下塘前，打趣听虫。

喝火令·寻娥

（2019年1月28日）

雨打山青秀，风吹海浩波。凭栏寻觅动情歌。天宇逸云漫舞，窗下送嫦娥。

雪落琼枝醉，梅擎玉靥萝。尽看娇媚与婆娑。便望星辰，便望月沉河。便望恋人如愿，梦里好寻娥。

一丛花·望春花
（2019 年 4 月 2 日）

庭前左右玉兰花。无语竟芳华。归来总是频频顾，且移步、共赏清遐。淡云轻飘，微风徐拂，春浅海棠芽。

朝来丽日晚来霞。红粉绿枇杷。佳肴美景樽前酒，欲饮尽、春色清佳。一曲相思，双眸凝视，明月透窗纱。

烛影摇红·叹春
（2019 年 4 月 29 日）

烟雨江城，昔人黄鹤乘风去。晴川隔岸望空楼，幸有崔公赋。

岁岁怅然春暮。总吟起、千年律句。樱花漫漫，绿草青青，万千思绪。

眼儿媚·絮弄人
（2019 年 5 月 16 日）

杨柳依依慕妖姿。双月映瑶池。一沉湖底，一悬天际，对影遥思。

无情花落东风去，谁忍送春辞。絮迷人眼，今宵惜惜，明日期期。

摸鱼儿·春逝

（2019 年 5 月 17 日）

望杨花、带春而去，天涯漂泊无定。田园飞雪芊芊处，已是残香无剩。杨树岭。看暮色、渐行渐远心难静。柔姿倩影。奈翦翦轻风，蒙蒙细雨，惹得万千悴。

云天雾，独上高楼遣兴。丝丝朵朵澄净。今差梁燕娇莺去，替我寻芳探景。人对镜。独自问、余生耐否由天命。世间薄幸。又谁可先知？痴心总是，苦苦把君等。

祝英台近·秋赋

（2019 年 8 月 27 日）

鸟栖枝，蝉附柳，芳草挂珠露。戏水鸳鸯，涟里意些许。抱鱼仙化金莲，一池幽梦，便随了、鹭鸶飞去。

凭栏处。天近云淡风轻，秋来秋又顾。时下风光，无语尽秋赋。但看秋水长天，悠悠瑶瑟，又含蕴、几多情愫。

入塞·星梦

（2019 年 11 月 27 日）

近椰林。沐椰风、听海音。看烟波涌进，碧浪奏风琴。椰也吟。海也吟。

白裙银环配玉簪。见几番、真个动心。何人能与共盈斟。星渐沉。梦渐沉。

忆旧游 · 暮春

（2020 年 4 月 25 日）

记暮春时节，雨洗繁枝，风送林花。柳蔓长条舞，伴絮团飞滚，直向天涯。情赋顿雪寻问，何处是君家。道花事荼蘼，蚕蛾知晓，荷伞塘蛙。

浮槎。见渔橹，似挥毫天画，声远鸥鸦。不时无端扰，惹鱼鸥惊起，飞过蒹葭。在水一方风景，慧眼去寻佳。叹浊酒醇香，东风吹醒沉梦沙。

玉蝴蝶 · 七夕

（2020 年 8 月 25 日）

喜鹊催临凤驾，痴牛频唤，儿女成狂。河汉银桥，飞渡南北通航。天涯远、相思咫尺，海角阔、情系沧浪。好牵肠。佳人何在，心海茫茫。

思量。鹊桥相会，怡情风月，同赏星光。瞬息今朝，任凭流逝直心慌。望屋檐、齐飞双燕，看平湖、交颈鸳鸯。意绵长。声声悦耳，也有沧桑。

早梅芳 · 春分偶思

（2021 年 3 月 20 日）

雨霏霏，烟袅袅。雨霁春分晓。清波碧水，柳绿桃红竞春俏。虫鸣蜂蝶舞，鸦戏鸳鸯叫。见游人信步，健履且含笑。

眼前怡，远处噪，彼岸无端闹。文攻武备，不怕邪来几交道。劝君思过往，醒梦弹新调。路迢迢，合作当趁早。

御街行 · 红叶

（2021 年 10 月 25 日）

丹枫艳绝秋千色。草木疏、青云白。冰轮斜转掠窗前，留取清辉光泽。年年霜月，满山情景，枫似红唇客。

撩人最是红唇力。举目去、神来笔。无花堪比有花妍，装点江山如画。风情到此，斜阳争艳，惟令春羞涩。

系裙腰 · 清秋

（2021 年 10 月 30 日）

清寒凝露近深秋。红枫叶、白人头。频催征雁向南翔，听唤幽幽。远难散，万千愁。

欲织锦字捎心事。思无寄、愿难酬。帘帏掠影清辉枕，又月当楼。问银河水，几时休。

曲玉管 · 残秋

（2021 年 11 月 3 日）

冷露凝盘，枯蓬拂水，西风折苇时辰久。一夜霜天无诉，今又残秋。恁迎眸。

滚滚襄河，萋萋芳草，荻花秀水飞佳偶。暮色斜阳，泊岸渔火汀洲。乐悠悠。

总忆儿时，有多少、贪欢时候，未经雨雪风霜，焉知郁闷忧愁。羡神游。看桑榆非晚，雨恨云愁都过，眼前风景，沐浴身心，好上高楼。

步月·立冬有感

（2021 年 11 月 12 日）

候雁南飞，夕阳西下，暮沉霜重风鸣。冷窗朱户，直透得凄清。便邀个、冰辉竹影，且搅乱、幽梦深更。云霄外、蟾宫舞袖，谁见素娥倾。

飞琼。金阙里，玉池溢秀水，仙雾腾升。立冬佳会，正是好年庚。勿多感、人生本是，性率真、愉悦闲情。春秋永，如星月自主前程。

采莲令·慈母

（2021 年 11 月 16 日）

菊花残，征雁高飞远。池塘柳、叶疏枝乱。鬓霜老茧织寒衣，密密行针线。银缸照、轻烟袅袅，情长语短，有心无力难劝。

一觉蒙眬，偻影碌碌通平旦。临行别、话中埋怨。岂知慈母，怎是送、一路叨叨遍。更回首、乡村远去，襄河津渡，瘦影只身河岸。

金人捧露盘·冬雪

（2021 年 11 月 26 日）

六花飘。芦花舞，玉花雕。立冬节、树挂琼梢。银装素裹，镜湖嬉戏踏冰刀。天寒松翠，好怡情、直上云霄。

月儿华，风儿冷，雪儿冻，粉儿娇。边塞曲、幽远笙箫。帘帏清枕，万般心思在遥遥。但眸星月，照山河、如此妖娆。

一寸金·襄河

（2021 年 11 月 29 日）

梦里家乡，汉水之滨小村郭。看晚霞映射，金光底色，汛林杨柳，盘弯堤脚。碧水徐风意，芦鸟和、夕阳伴落。长堤下、袅袅炊烟，息楫归帆自夷廓。

不论飘蓬，春秋几度，依柳岸边泊。念伉浪渔唱，襄河之水，最知儿女，今生前约。情在根深处，拳拳也、未曾浅薄。心心念、那土那河，土沃波也乐。

迎新春·冬奥开幕吟

（2022 年 2 月 4 日）

瑞虎咏青律，帝阙欢声传布。兰蕙风和煦。五环帜、当春舞。列华灯、千家万户。迎远客、冰雪琼花情愫。九陌皆绛树。墩容笑、悠扬箫鼓。

鸟巢星朗，盛典隆举。寰宇内、政要健将无数。熊熊圣火银花下，五肤人、赤县齐聚。看东方，山水蓝光龙驰骛。梅英香馥。如此直教，骚客纵情歌赋。

谢池春慢·端午感赋

（2022 年 6 月 1 日）

榴花妖艳，繁杨柳、骚枝弄。细葛软轻风，秀绢飞双凤。醇透菖蒲酒，香自新丝粽。艾兰舒，杯与共。树梢鸸语，惊扰湘妃梦。

潇湘汨水，仍旧是、波涛涌。养我九州阔，笑尔千般众。古往今来矣，家国情怀重。中兴路，前赴勇。江山教我，当把今生奉。

破阵子·贺神舟 14 飞天

（2022 年 6 月 5 日）

漠上神舟吐焰，红霞金虎飞天。玉兔出宫娥舞袖，霄汉迎邻礼尚前。三英来访仙。

瑶界幽居一日，人间追梦千年。惟有中华多壮志，敢与星辰试比肩。今朝又续篇。

风流子·滇池秋日感赋

（2022 年 9 月 8 日）

池岸柳儿忙，枝骚弄、叶舞且撩阳。浅吟和细波，鹭飞鱼跃，雾涂山色，云坠清塘。画舫日流徐影浊，略施粉儿妆。似有美人，绢绡芳透，一汪秋水，源自吧坊。

风情千般好，闲樽满、难了半霎轻狂。妙语戏言，频斟渴饮如乡。问遍贤礼士，佳音俚语，化成佳酿，颜悦眉张。惟有乡愁，醉魂风骨天长。

秋色横空·秋声

（2022 年 9 月 17 日）

云淡风轻。有香飘十里，直沁心灵。斜阳伴柳湖边走，粼粼澹澹天青。山枫映，水墨生。放眼去、怡然仙画呈。艳羡天工造化，不肯归营。

迟景渐移月明。望蟾宫疏影，桂动秋声。一宵只盼庚星下，空守寂寞难平。邻蛩噪，远路鸣。又一夜、秋光杯愤盈。却不觉清辉，连照旭升。

沁园春·中国红

（2022 年 10 月 1 日）

文化图腾，精神皈依，沁血骨中。溯虔诚拜日，心心念念；氤氲着色，艳艳浓浓。华夏千年，神州万里，梦泪霞光凝遗风。基因好，凭自强自信，度难千重。

井冈山上登峰。举旗帜、追求命运同。看神舟揽月，星移北斗；蛟龙入海，浪卷深宫。西宿云遮，东方霁朗，绚烂纷呈中国红。龙腾起，领风骚寰宇，傲视苍穹。

采桑子·登高节

（2022 年 10 月 4 日）

金风送爽东篱下，喜笑颜开。喜笑颜开，一片幽香扑鼻来。一山九色登高节，尽显和谐。尽显和谐，赤县风光无限猜。

肖形朱雀
张才篆刻（直径 3.0 cm）

昔贤斗巧弄诗潮，幸有承传展后娇。紫陌垂杨鸿渐种，新枝老干两妖娆。

倪进祥书范恒山先生《七绝·贺新竟陵诗派创立》（139 cm × 69 cm）

倪进祥简介

　　斋号双馨斋，安徽省无为市人，中国书法家协会理事，中央国家机关书协副主席，中国楹联学会副会长。

牛牧卷

作者简介

牛牧 男，1962 年出生于湖北省麻城市。1976 年入伍，历任公务员、秘书，少校军衔。1994 年转业至最高人民检察院，任《中国检察官》大型画册编辑。1995 年至 2022 年在检察日报社工作，现已退休。遍历祖国大江南北，因山水而生情，遇世故而感怀，喜好浅唱低吟。

自遣（二首）

其一

光阴如水亦如梭，迟暮才人奈若何。
寂寞且于深夜后，开机登网诵诗歌。

其二

生涯碌碌也如歌，写罢何妨笑话多。
纵使他年化灰烬，亦有才气惊阎罗。

思量（三首）

其一

寒暑奔千里，风光隔一帘。
岂言辛苦甚，入梦自香甜。

其二

百年如一梦，何物报红尘。
金珠虽甚好，更贵是精神。

其三

悲欢皆似戏，独坐且旁观。
但得回头早，谁言放手难。

注：折腰体。

看《感动中国》（二首）

其一

真人真事与真情，说与黎元仔细听。
华夏精神千古在，相传世代不歇停。

其二

中华自古有贤人，心血凝为大国魂。
既得前贤传火种，岂无光彩馈儿孙。

无题

入世寻来美，逢人记住恩。
相交无利害，友谊自长存。

任人说是非

苦旅茫茫何处归，看穿迷雾破重围。
往来心境终无碍，一任他人说是非。

读江南雨《遇到你是我的缘》

相逢相识在于缘，得失悲欢一念间。
花开自有香盈袖，花落焉无果满园？

感悟

人间到底有真情，积善何愁善举轻。

但愿两心无彼此，几番风雨尚同行。

捣练子·和琴若雨《雨夜呓语》（二首）

其一

长夜静，小灯昏，思绪浑如天外云。电脑一开窗下坐，赏心仍是好诗文。

其二

常捧腹，也销魂，每赞文章更赞人。身似老牛惟静坐，心如野马欲狂奔。

美意延年
张才篆刻（2.5 cm × 2.5 cm）

刘
继
成
卷

作者简介

　　刘继成　祖籍湖北省天门市，现居武昌。理学硕士，自由职业，商海幸存。斋号闻道居，别署闻道居士。闻道者，朝事乎？文刀也。居士者，修持乎？自称也。现任湖北潜龙药业有限公司董事长，竟陵画院理事长，湖北潜江市政协常委。

毕业廿年同学会

（2006 年 2 月 22 日）

共醉天方晚，孤征泪欲潸。

寒窗望眼里，母校挂心间。

枫叶飘一路，樱花开半山。

珞珈存本色，谈笑凯歌还。

沁园春·改革开放三十年中国礼赞

（2008 年 12 月 8 日）

雨打风吹，翘首春回，望眼龙醒。喜余生未晚，躬逢其盛。凤阳鼓急，蛇口涛惊；青藏飞歌，峡江筑坝，港澳归宗台海晴。东方白，看神州万里，无限峥嵘。

治平三十功名，忆多难兴邦热泪倾。念先声"猫论"，后尘真理；民生难忘，国计高擎。奥运荣光，"嫦娥"探月，何惧危机正横行。阡陌上，写英雄儿女，灿烂征程。

采桑子·汉江北望天门原野

（2009 年 3 月 22 日）

桃红李白泡桐紫，开到田间，开满天边，油菜花前是故园。

黄金铺地春光好，笑客多钱，笑我无闲，此去何时了挂牵？

两湖首团环台骑行咏归

（2009 年 12 月 16 日）

2009 年 12 月 7—15 日，得捷安特襄助，某与湖北、湖南车友廿二人，艰苦卓绝，完成 930 公里环台自行车骑行，诗以存念。

一哭台湾忍卒听，劫波过后我南征。

跋山涉水心无碍，宿雨餐风梦有惊。

西太平洋宜放眼，南中国海好安营。

骑兵抱负怀天下，铁马辚辚更纵横。

故里竟陵忆往

（2013 年 1 月 29 日）

汉江翘楚隐难言，最是伤心失乐园。

少艾辍攻花鼓调，老残留守状元村。

侨乡春树遮秋水，僧寺新茶唤旧魂。

草长莺飞时待我，快哉风正上天门。

癸巳仲夏从荆州到随州

（2013 年 7 月 2 日）

熊家冢上追斜照，曾乙墓前翻老调。

三楚原来不服周，大风又起听吟啸。

吟者诗卷

加州客次有赠旅美学友

（2014 年 1 月 12 日）

海天又问久暌违，风起寒烟尽落晖。
硅谷一行更嫌远，开春谁唱彩云归？

甲午秋怀

（2014 年 11 月 6 日）

雪月风花少年事，刀光剑影进行时。
此生一本逢场戏，瞎马盲人也是诗。

登武当山

（2016 年 7 月 20 日）

武当问道大排场，香客登临谢旧皇。
岁月江山风雨里，巍峨金殿正迷航。

四季好

（2016 年 8 月 19 日）

春色千重壮行色，秋声一片踏歌声。
冬云遮月凌晨雪，夏雨随风向晚晴。

盛世诗语

130

丁酉闰六月新藏线南行

（2017 年 8 月 12 日）

天路经年一梦真，我今既往纵无人。
破空羌笛叶城静，扑面经幡阿里淳。
喀喇昆仑白头老，玛旁雍措玉颜新。
壮怀对峙龙吞象，如此河山好许身。

忆秦娥·南京大屠杀死难者国家公祭并吊张纯如

（2017 年 12 月 13 日）

公祭日，无边烟雨金陵泣。金陵泣，一城余痛，死魂难息。
家仇国恨徒无觅，同胞应愧如椽笔。如椽笔，淮安有恙，
美洲闻笛。

浪淘沙·在南海

（2018 年 3 月 22 日）

飞渡海天南，白发青衫。落霞深处是渔帆。蕉雨椰风灯塔
老，细浪如蚕。
游客兴方酣，两忘仙凡。伶仃浩叹旧曾谙。万里屏藩家国
计，有好儿男。

步韵定庵己亥杂诗之一

（2019 年 3 月 30 日）

辜负朝花但见贤，残棋夕拾坐林泉。

几回借酒问天意，明月无言又一年。

溪外清明步韵唐王湾《次北固山下》
（2019 年 4 月 6 日）

南浦西溪外，东篱北岭前。

幽兰君子养，曲径自然悬。

丝竹听高处，星灯忆少年。

归心谁似我，得意柳桥边。

北欧潦草纪行之一
（2019 年 9 月 21 日）

波罗的海落霞横，米达尔山飞瀑倾。

身在天涯心未远，听风尽是故园声。

九月初六步《己亥杂诗》之二百
（2019 年 9 月 30 日）

一笑而行到驿山，二樟葱郁屋三间。

吟过五柳先生传，四顾无人月半弯。

夜乘轮渡从汉口回武昌远眺汉阳
（2019 年 11 月 15 日）

四岸三城景不同，万家灯火共朦胧。

忘机何必羡鸥鹭，过耳落梅吹笛风。

王圣同学返美前夕到访闻道居
（2019 年 12 月 15 日）

雪藏岁尾人嫌老，梅上枝头句待工。
不问圣王道中事，但看寒月下孤鸿。

庚子立春日感怀
（2020 年 2 月 4 日）

山河料得又清发，看厌后庭绿萼花。
故雨拜年群有约，新冠战疫剑无赊。
城封十日评功罪，书读一身酬国家。
共解倒悬三户苦，楚天春色醉云霞。

定风波
（2020 年 2 月 9 日）

庚子灯节，全国动员阻击武汉新冠肺炎疫情正酣，因记。

云冷山空燕未归，徒辜负点点红梅。曾对池鱼濠梁辩，消遣，凭栏此夜唤惊雷。
烽火楚天鏖战急，街泣，逆行军帐哨音催。欲恨城封春信杳，勿躁，但看三月尽芳菲。

步和临水君《封城第二十四日》

（2020 年 2 月 15 日）

雷鸣电闪破寒天，疾苦声声在耳边。

晓梦千军擒疫孽，满城飞雪到降笺。

庚子八月朔日秋兴

（2020 年 9 月 17 日）

山我闲来话旧盟，相看妩媚并肩行。

那关蛩响稼轩事，雨打芭蕉第几声？

雪中山阴道上

（2020 年 12 月 29 日）

卷云风啸遽生威，新雪相携老叶飞。

拉朽摧枯今古事，从来天意不能违。

除夕步韵香山居士《勤政楼西老柳》自题

（2021 年 2 月 11 日）

平生不由己，盛世每欺人。

沓乱庚子劫，慌张辛丑春。

携眷约客游东湖落雁岛不值

（2021 年 4 月 26 日）

心向往之天地间，转身郊野看闲田。
忘机雁落平沙后，破晓花开老树先。
烟雨湖山诗画意，风尘云水智悲缘。
一从关切不能忍，辜负眼前多少年。

临江仙·辛丑立夏次新才兄韵

（2021 年 5 月 10 日）

俗务一身轻放下，心心诗酒湖山。流鱼听瑟鸟关关。翠披瓜豆架，花好解人看。

只影回回随暮紫，退思曲径幽宽。风过疏竹最尖端。春残残月夜，去去逝川叹。

辛丑七月之初长夏未尽感事

（2021 年 8 月 9 日）

神州流火疫交侵，作楚囚当泽畔吟。
风入松冈穿竹海，雨过兰谷到梅林。
浪涛子语催川上，云鹤诗情遣日今。
人不自由毋宁死，天涯故客动秋心。

吟者诗慧

135

七夕

（2021 年 8 月 14 日）

绵绵雨歇晚来晴，过耳秋风瑟瑟行。

望眼月光何皎皎，鹊桥岁岁渡芸生。

辛卯初冬晴日独步

（2021 年 11 月 11 日）

西风笑语早行人，扫地僧才是大神。

一屋整齐更天下，却看敝帚自然珍。

桃源忆故人·步韵放翁留别英山诸友

（2021 年 12 月 12 日）

满园萧瑟人幽闭，长叹疫情时起。掩卷苦思溪外，谁解扁舟意。

少年不屑渔翁利，忆昔满怀尘事。一去栏杆凭倚，恨树犹如此。

圣诞有怀

（2021 年 12 月 25 日）

风过耳入松，望眼雪迷踪。

心已远尘外，梅花使不逢。

菩萨蛮·步和临水君

（2022 年 1 月 30 日）

人间路过何时歇，千年变局冰霜冽。知己剩寒梅，亲朋在海湄。

雪来添别绪，风住问归处。旧恨更新愁，无言向晚鸥。

无题

（2022 年 6 月 4 日）

壬寅端午，天气预报江城中雨，向晚未至，难得出门吐气。

蛙自争鸣雨自迟，如钩月出乱情丝。
二千三百年泡影，不尽兴亡唱楚辞。

寄远

（2022 年 8 月 7 日）

谁与江山共见微？萧萧碧瘦鲙鲈肥。
西风且慢染秋色，我有天涯人未归。

云程发轫兮，万里可期。排空动天兮，御风挟雷。强吾华夏兮，固我长堤。亮剑太空兮，呼声四起。团结抗美兮，友朋四夷。复兴大业兮，初心永继。祖国一统兮，所向披靡。

张才诗并书（139 cm × 69 cm）

魏开功卷

作者简介

魏开功 字钺山。斋号垦堂。湖北省天门市人。27岁任洪湖市书法家协会主席。书法报社有限公司副总经理,《书法报》艺术中心主任,湖北开明画院副院长,中国老年书画研究会理事,湖北省书画家协会顾问,武汉书画研究会副会长,鸿鹄书画院院长,华中师范大学长江书法研究院研究员,湖北经济学院客座教授。

雨后晨望梅州

（2016 年 3 月 12 日）

登临倚槛周遭望，物态山光不胜收。
南北夹江腾细浪，虹桥着意映高楼。
鸟鸣千树无人会，云绕重山有雨幽。
五指桥溪皆有意，闲时待与客家游。

李先念塑像《将军不下马》感怀

年少从戎忾国仇，身经百战写春秋。
一生革命凌云志，不下马来宏愿酬。

注：毛主席称李先念是"不下马的将军"。雕塑名"将军不下马"五字系毛主席所题，位于湖北红安县李先念故居内。

游云中湖有感

天飞玉镜嵌云中，堪与天池美景同。
迎客青松含笑意，凌空白练欲通穹。
山关峻岭分吴楚，雾海神龟寿九宫。
胜地闲游无事碍，人间却道意无穷。

注：中间两联写云中湖八景之四景，即青松迎客、泉岩喷雪、吴楚雄关、雾海神龟。

登黄鹤楼

（2017 年 1 月 30 日）

文伟①登仙驾鹤来，荆吴②倚枕耸江开。

风摇声动青山远，云涌霞蒸白浪回。

楼阁好文阎③传世，乾坤佳句颢④称才。

楚天极目春愁去，何不倾怀饮一杯。

注：①文伟，费祎字。传其登仙驾黄鹤而憩于此楼，遂以名楼。②荆吴，春秋时的楚国与吴国，后泛指长江中下游地区。③阎，即阎伯理，唐代人。以写《黄鹤楼记》而闻名。④颢，即崔颢，唐代诗人。以《登黄鹤楼》诗而被宋人严羽称为"唐七律第一人"。

明庐夜饮

月映如琴①抱岭峰，明庐夜饮响风松。

知音难得知音得，摔碎瑶琴只念钟②。

注：①如琴，指庐山如琴湖。②钟，指钟子期，俞伯牙的知音。

庚子立春夜

（2020 年 2 月 4 日）

岁岁花开万紫红，今时不与往时同。

石阶滴破花含泪，杨柳湖边月下空。

春愁

草连云际黯愁生，临水登山两眼明。

细雨浸花无蝶戏，晚风弄柳有莺鸣。

回家兴起常挥翰，信步情来偶折英。

梦断江城惊白发，平生无计负躬耕。

无题

（2020 年正月初二）

大风不静夜苍凉，躲进小楼心浩茫。

无技医人宜振己，诗书呐喊助前方。

龙窖山千年银杏树

（2020 年 5 月 24 日）

风雨千年银杏树，深山幽谷傲枝身。

非因隐处无人识，却有艰难跋涉人。

井冈山会师

（2021 年 2 月）

英雄洒血炮声隆，师会旗旄战鼓中。

愁散井冈云汉外，燎原星火势乘风。

建党百年感赋

镰锤破旧开新宇，旗举红船耀九州。

马列精魂昭日月，百年屹立数风流。

七一感怀
（2022 年 7 月 1 日）

红船破浪旌旗奋，镰锤辉光玉宇新。
主义领航百年计，民安国泰世风淳。

庚子春耕

晴阳一夕转春霖，痛煞农人望岁心。
雨过白田耕种日，万家愁绪入云深。

太白隐
（2020 年 8 月 1 日）

离亲仗剑碧山①游，思逸怀澄志未酬。
山绕紫烟诗酒②醉，仙风道骨任风流③。

注：①碧山，即安陆白兆山，李白在此酒隐十年。②紫烟，李白诗云：
"日照香炉生紫烟"。另，李白娶宰相许圉师之孙女许紫烟为妻。③仙风
道骨，李白《大鹏赋序》："余昔于江陵见司马子微，谓余有仙风道骨。"

知音桥别友

汉浒知音处，淡烟疏柳妆。
秋风知别苦，未敢叶先黄。

吟者诗卷

悼黄关春兄

（2022 年 3 月 19 日）

春雨霏霏彻骨寒，花开花落夜眠难。

五更挂角①生谋智，三省②凝魂护国安。

仁爱感天功业遂，冰心③动地庶民欢。

惊雷传噩君离去，岱岳呜咽江水澜。

注：①挂角，隋末李密年轻时，曾骑牛外出，挂《汉书》于牛角，一面抓着牛鞭，一面翻书阅读。越国公杨素见到，问是何处书生如此好学，李密认得杨素，乃下牛再拜，自言姓名。问所读何书，回答说是《项羽传》。见《旧唐书·李密传》。后用为勤读的典故。②三省，主要指黄关春在鄂吉湘三省任职。亦暗指一日三省吾身。③冰心，即"一片冰心在玉壶"之意，指纯洁高尚的情操。

羁鸟

（2020 年 8 月 23 日）

不入群时独自飞，入群相伴恋巢回。

不知羁锁金笼苦，何日鸣啼自在归？

夏日游洪湖

（2022 年 7 月）

晴明风日好，入画动光霞。

茎引亭亭绿，荷香灼灼华。

棹舟采莲乐，戏水扣舷划。

忘我不知返，闲游日转斜。

九宫山索道

九宫峡谷起云烟，天堑通途一线连。

无限风光多胜意，临峰仰望小霄天。

醉花阴

寒雨疾风春料峭，佳节云遮皎。醉倚望苍穹，隐月无言，暗把伊人笑。

由来往事知多少？点点心头绕。夜半独徘徊，莫负痴心，恐被多情恼。

醉花阴·庚子武大樱花

三月柳垂梅雪瑞，山傍东湖翠。岁岁珞珈山，蜂拥林荫，同赏樱花醉。

而今怒放无人值，徒把花儿累。莫道不消魂，一寸春心，且待东风惠。

青玉案·武汉疫情有感
（2020年2月10日）

江城浪涌飞花雨，怎料是、春愁处。庚子无辜遭毒雾。城中民众，眷中亲故，咫尺天涯路。

魔王肆虐千夫怒，抗疫除灾岂言苦。四面驰援将爱予，白衣如雪，三山如柱，天地唯看楚。

卜算子

（2020年3月16日）

雨霁柳绵飞，风动残红落。一任风吹雨打声，独把琼浆酌。

傲世喜微醺，又恐东风恶。春去秋来好梦留，惯看人情薄。

苏幕遮

（2020年2月14日）

水连天，山叠翠，似锦繁花，人与春风醉。忽夜妖风平地起。席卷山河，只有残红坠。

倚轩窗，天降瑞，紫气丹光，万树开新蕊。挥舞金箍乘胜势，汉水欢歌，九域云霞蔚。

水调歌头·元夕

庚子雾霾去，举国闹元宵。华盈千树，山河新岁尽妖娆。四处繁花如锦，猜谜舞狮赏月，景丽兴堪豪。涛涌逐声浪，垂柳动心旌。

欢声叫，盈盈笑，玉盘高。不知归处，更盼团聚醉逍遥。月皎心澄怀远，情笃天长地久，愁事遁云霄。此日婵娟共，别后路迢迢。

卜算子·咏梅

疏影岸边横，映水梅花璨。花发寒枝傲骨生，总把春风唤。

似雪不言妍，却惹群芳羡。风雨相摧碾作尘，寂寞幽香散。

满江红·纪念辛亥革命 110 周年

（2021 年 9 月 1 日）

暴雨初收，长河上，波翻浪急。抬望眼，列强环伺，飘摇家国。首义枪声惊禹甸，武昌烽火回天术。想当年，拂晓问光明，何时出。

共和建，专制易，寻主义，三民立。喜江山换代，九州祥吉。成败是非今古事，往来代谢山河迹。征途远，正接力鸿图，全无敌。

摸鱼儿·恩师吴丈蜀先生百年诞辰

（2019 年 11 月 30 日）

晓风寒，雪梅凝泪，书坛追忆荀芷。百年弹指韶光短，花落入泥香醉。游六艺，恨钓誉，清风明德仁人士。诗书观止。独步领风骚，清词童体，字字铸情意。

今回首，风雨如磐岂畏。平生无怨无悔。牛棚著述覃思苦，雾散刊行心遂。扬浩气，远污秽，浮云辞去声名蜚。无人媲美。吟笔赋深情，删繁就简，风范启吾辈。

沁园春·纪念恩师陈方既先生诞辰百年

（2021 年 8 月 26 日）

细雨斜风，冷落清秋，感时痛哀。念恩师西去，匆匆一载，音容犹在，风骨存怀。学贯中西，近人平易，今日谁能与共偕？

光阴逝，忘身名荣辱①，书道奇才。

清心洗净尘埃，料旷世英名岂会埋。叹白头灯下，笔情眷眷，文思泉涌，笺满书台。析理条分，宏文五卷②，沥胆披肝足道哉。今何恨，信谦谦后学，继往开来。

注：①陈方既诗云："窗前黄叶树，灯下白头人。宠辱身后事，眷眷笔中情。"②陈方既著《中国书法精神》《书法艺术论》《书法创作中的美学问题》《书法技法意识》《书事琐议》五卷本选集，2020年12月河南美术出版社出版。

夜读图
赵伟画（60 cm × 60 cm）

姜琳杰卷

作者简介

姜琳杰 奇点控股董事长,北京大学硕士研究生校外导师、中国社会科学院大学硕士研究生校外导师。诗词爱好者,多年来累计创作诗词百余首,以古体新韵为长。

冬日暖意

偶得浮生半日闲，携牵孺子下田园。
纵使冬风重嘚瑟，从容稚手暖心间。

卜算子·读书

字里有乾坤，书中任遐迩。那壁征尘战鼓喧，这壁静如画。
上可语星辰，下亦识庄稼。今古纵横多少事，都在心头拓。

西江月·梅花香里思新年

月朗星稀风歇，人鼾马倦街闲。梅花香霭寄新年，缓步雪冰如练。

七八扇窗明暗，两三只鸟蹒跚。童心忽起蹓玉盘，练上划痕一片。

鹊踏枝·又到四月春风透

又到四月春风透，一夜之间，满目花争秀。蜂舞蝶忙莺啾啾，因何对镜朱颜瘦？

若道心中情爱厚，何必秋月，情致常时有。新拱雕梁人依旧，秀眉翠钿银屏后。

折花令·春花艳时

艳丽春花，扶风翠柳芳菲秀。怨风猛、残红丢，旧景黯然伤，酒残人瘦。

往昔明月，连枝比翼情难就。无语处、媚含羞，似梦里经年，前生邂逅。

一剪梅·仲秋

愈是仲秋思愈浓，月影摇红，思念千重。万千愁绪醉蒙眬，只怕心灰，何惧路穷。

欲驾清风上玉琼，今可牵手，明可携侬？相逢相聚两心同，歌也从容，心也从容。

渔家傲·秋思·太平别墅

初冬沪上丛草碧，稀疏黄叶晚秋弃。墙外高楼拔地起，庭院里，古柏芝兰西楼憩。

曼舞轻歌犹历历，王侯将相谁提及。莫惜麒驹终老骥，雄心激，何事可遂平生意？

满江红·元旦迎红日写怀

夜黑风寒，踏冰雪、街衢冷彻。抬望眼、长路漫漫，影单形个。壮志书生承天诺，要移春雨泽荒壑。纵经年、黑发变白头，燕然勒！

红日起，烟霞射。苍生愿，何时得。指中原，九鼎几番凉热。麾下雄兵如虎豹，旌旗蔽日阎罗愕。纵长槊、豪气壮山河，神州贺。

将进酒·散歌

将进酒，玉脂稠，高朋满座福满楼。

八珍玉食迎嘉宾，古今笑谈将相侯。

宾客言欢神气爽，千杯百盏多花样。

虫子鸡，老虎杠，融融欢谑觥筹响。

这边京戏一缸酒，那头鸿雁哥莫走。

勾肩搭背捉对杀，情深意切壶里头。

壶中酒，岁月长，兄弟情谊要加强。

莫使金樽空对月，兄弟有酒便称王。

定风波·此去笃行

誓将从南向北行，一程风雨不歇停。西蜀丞相伐曹魏，功废？运移汉祚慰生平。

自古有成常笃行，前进！含和守素获真经。莫务空名实脚印，笃行，风霜雪雨写丹青。

天仙子 · 昨夜持酒听骤雨

昨夜酒酣逢雨狂，夜半陡惊心惆怅。人生长恨水长东，志未央，鬓成霜，星月不言情更惘。

窗外忽闻青鸟唱，花重叶浓清芳漾。春潮偕雨唤心声，精气爽，神情兀。风火奔驰为闯将。

永遇乐 · 庚子新年

昏去晨来，油盐柴米，如常操典。邀了时光，清茗香盏，往事逐层现。大明湖畔，燕子山下，桃李争辉争艳。算而今，童心未老，自信日月绚烂。

冬行春渐，百千万事，曾叹贤达远见？阅尽城郭，翻扶羊角，总有捷报遣。韵祥香满，百鸟和鸣，宏愿把谁看淡。踏歌行，韶华白首，争锋冒尖。

雨霖铃 · 国庆

神州千载，山河万里，多少传说。历朝开疆拓土，烟云过眼，谁评功过。外寇豪夺强取，家国苍天破。驱倭寇，扫荡列强，寄望太平普天阔。

江湖风雨何曾缩？数十年，仗剑天涯路。沟沟坎坎何惧？稳阵脚，笃行开拓。岁月峥嵘，青葱年华，砌了城垛。纵便有、苦难千重，终始成正果。

浪淘沙令·岁月感怀

不惑四十秋，岁月难留。几多旧事几多愁。飘忽白驹心上客，未及回眸。

昨夜上高楼，欲说还休。征程尚半莫踟蹰。且看梅花风雪后，红遍枝头。

摊破浣溪沙·辛丑早雪

昨夜仙人大点兵，琼花落尽万里平。枯木冷霜披新袄，好心情。

千里江山融水墨，画童游笔众神惊。云暗水清山厚重，一舟轻。

光风霁月
甘海斌篆刻（2.5 cm × 2.5 cm）

王
新
才
卷

作者简介

王新才　武汉大学信息管理学院教授，教育部高校图工委副主任，中国图书馆学会阅读推广委员会副主任，武汉大学古籍保护暨文献修复研究中心主任，武汉珞珈诗派研究会会长，中华诗词学会高校诗词工作委员会委员。

过沔阳小镇

夏至前八日闻道邀至沔阳小镇。镇在排湖东。同行有观平、黄斌、曾慧、文浩等。

浮生时有梦，梦在水涯居。
荷花开向晚，随风自曳朱。
清香透胸臆，不觉气为舒。
天际水映碧，苍茫一望虚。
掠波飞归鸟，栖树肆啼呼。
我坐修枝下，坐对月上孤。
闻听沔彼流，汤汤排作湖。
临湖镇新葺，规模已具粗。
更欲辟广宇，明窗供读书。
乃自广问计，邀与描画图。
我正闭门久，恰思一放诸。
因与二三友，百里一长驱。

八月初三喜雨

酷夏长无雨，一朝降甘霖。
清凉眠乍觉，起见阴沉沉。
气稠低且暗，压城如覆衾。
蓦然声四急，恍然如有侵。
蓬窗闻飒飒，万木听森森。

森森复飒飒，快然尽妙音。

尘世百事苦，苦苦受难禁。

谁遣江流断，谁使万籁喑。

不芳萎百草，从知啼冤禽。

浸至云掩密，沛然到如今。

每欲起自舞，每思酒自斟。

且舞且复饮，吾内热渐深。

惟以长有待，忧思已不任。

消息阻塞久，折腾动龙吟。

烂光倏一掣，电手开天襟。

天地不仁甚，刍狗意惟忱。

各各舒枯抱，纷纷展焦心。

临窗感溥畅，老怀亦惜惜。

封城咏

封城第五十四日。阴。昨阳台盆栽现新芽，因咏：

色不异空空即色，凭空生色色生微。

一从拂袂方惊着，忽已临风恰欲飞。

法眼眸容沧海大，尘怀听悟世音希。

灵心应是闲荒久，不耐矜封乍现几。

长假首日见楝花

暮春将入夏，又见楝花紫。

高日照当头，微风摇不已。

闻香情自舒，立荫心欢喜。

长忆少年时，屋檐飞燕子。

出差浙大忆花（二首）

一路秋冬萧瑟景象，忽忆狗尾巴花，并及秋蓼。

其一

童戏湖湾子，风摇狗尾巴。

如何一眨眼，白首忆天涯。

其二

草屋黄毛狗，西风红蓼花。

须臾嗟半世，一梦不曾差。

小暑后一日登天台山

得机偶步入山深，透体清凉忘暑临。

峰顶孤台自非树，人间万法总唯心。

飘来浓雾天俱隐，登立空阶藓暗侵。

瞬息千年风荡尽，我身非我更谁寻。

感恩节

连日天晴好，真宜坐负暄。

盛世诗语

霜寒争耀色，人懒静无言。

忽听鸣过雁，翻思寄感恩。

长空弥望遍，隐隐只云痕。

小雪日风雨夹雪

秋虽霜气重，毕竟色争腾。

一俟天飞雪，唯余冬逞能。

风寒刀削面，心冷水凝冰。

忽念泥炉火，老怀如不胜。

壬寅大暑后一日访龙湾章华台遗址

一上残台四望空，江山犹有楚王踪。

池塘柳映宫腰细，似舞巫山十二峰。

过龙鹏生态园

过龙鹏生态园，得尝香瓜，清甜香脆，口感奇佳。园在潜江龙湾章华台遗址边。

大王风信荡怀奢，吹向荒台绿遍遮。

摘得残藤欣剖玉，龙湾最记楚甜瓜。

荷花

苒苒红衣映绿裙，亭亭闲步水波匀。
伞边忽借风遮面，才会含羞乍避人。

伏夜有忆

银汉无云星密集，竹床并扇暑焦煎。
那知巷叙寻常夜，已隔人生五十年。

忆泳

　　生在湖乡，记幼时兴修水利，环村多渠，入夏炎蒸，每爱邀伴戏水，因善泳，泳姿初如狗刨，双脚轮番击打水面，如打鼓然，俗称打鼓泅。

赤体成群浑不羞，童欢多自水中偷。
只今人老时又夏，每忆贪凉打鼓泅。

楚福源糍粑

一事童年记不差，捣泥豆糯做糍粑。
而今谁占乡关味？杨水湖边下马家。

有怀

放眼湖波芰坐闲，生涯无事不开颜。

我心每有翩飞意，只在烟苍云白间。

闻河南受水灾

烟花作祟，河南受灾。因忆己酉庚戌皆大雨，家在湖区，每泛汪洋。印象中，一小舟载一家数口浮波湖上，四顾苍茫，不觉睡去，醒来但见靠岸一高处，时约五龄前后。

急雨倾盆四散烟，须臾波涨欲弥天。
儿童不解持生计，道是湖宽好放船。

宿孝感

鬓角风霜万里侵，出槐安又入槐荫。
黄粱未熟身先卖，中尽拳拳俗世心。

水灾有忆

一舟湖上讨生涯，舣岸淘炊暂作家。
记得斜阳红映处，丝瓜满架放黄花。

八声甘州·长夏暑酷不雨

是谁持麈尾，拂苍茫，浩宇净如揩。顿气蒸云梦，相吹以息，野马尘埃。我欲风生万里，潮卷有情来。大块同噫气，好荡予怀。

无奈南窗坐老，听鸟啼何怨，蝉噪何哀。叹流云踪迹，依旧渺天涯。更何时，冲陵振激，掬长波，痛饮酒如淮。斜阳下，有霞犹火，待夜同埋。

齐天乐·清明测核酸

校园遍布清香气，熏人恰还如醉。红艳方零，青葱争吐，引我身轻步履，流连此际。渐星淡穿云，月明铺地。拂面风和，飒然溥畅快哉至。

还怜一疫不靖，数年时继续，作乱人世。昨日封城，今朝闻警，惟解咽喉频刺。每排长队。尽凭罩遮颜，顺流移体。忽听鹃啼，一声声不已。

山花子·辛丑中秋

触体风轻晚自柔，月初明际步湖陬，一望万家灯在水，晃悠悠。

最惜未开金桂子，不期每忆汉湾头。为有荻芦花似雪，任扁舟。

雨中花令·解封有记

才嗅清香如许，循见荷花开树。老干堪围，无言时昒，立尽人间雨。

望远意沉心涌绪，还遣骋怀难去。只能怪平时，生将寂寞，藏在云深处。

江月晃重山·解封有感

蓬雀飞天一片，石榴红蕊开繁。野吹风落遍横斑。人间事，摇荡不堪看。

一抒云边意绪，那堪斜日凭栏。沉吟还听众声喧。摩挲久，眼暗万重山。

西江月·题老鳞独钓圣湖图

内热时浇以酒，兴来最喜临湖。一竿垂处一身孤，欲下还飞鸥鹭。

云淡凭生浩渺，波澄故映清癯。坐忘天地忽愁予，今我惟思高举。

鹧鸪天

似水光阴去不赊，奔腾但涌满江沙。望中野马前尘影，梦里青春昨日花。

通窍枕，一声鸦。蝶飞栩栩映窗纱。我今方有蘧蘧意，谁道黄粱色未佳。

虞美人·游石家河

浮生总被尘劳苦，今日随良侣。驱车直探五千年，但见城垣草树自暄妍。

金人玉凤陶鸡犬，惊绝三蒸碗。史前珍宝雨余痕，却恨无边过眼是烟云。

临江仙 · 元日午晒

吹面和风习习，暖身高日迟迟。风携春意草先知。叶黄虽满目，青绿已潜滋。

木叶早教凋尽，寒林苦自撑持。人间沉梦缀霜枝。欣然红一点，直引众芳痴。

紫燕迎春
甘海斌画（65 cm × 45 cm）

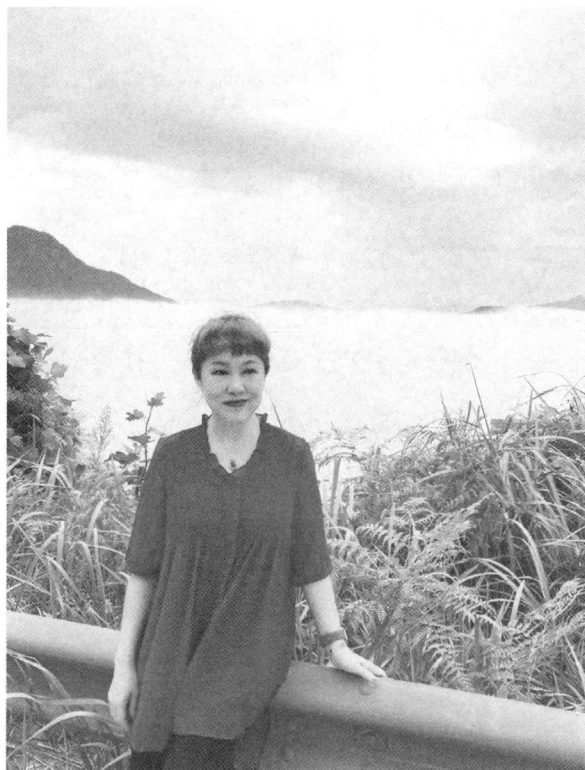

空林子卷

作者简介

　　空林子　本名林燕兰，福建省霞浦县人，斋号黯香斋。新国风诗社常务理事兼秘书长。工传统诗词，结集出版过《失衡的天象》《黯香斋心韵》《空林子自选集》《空山凝云》《庞中华书空林子诗词》等十几部诗词著作。

韵令
（2021 年 8 月 9 日）

此时此地，何处何年。花香果亦鲜。鱼游窗下，鹊至门前。望山窈窕，听水潺湲。琴声响起，更不似人间。

莫谈俗事，暂了尘缘。悠然一日闲。倚栏而坐，便是神仙。沧桑看厌，只看风烟。夕阳虽远，留个晚晴天。

远朝归
（2021 年 8 月 29 日）

天已黄昏，问大城之间，谁能不倦。霓虹闪烁，依旧乱人双眼。徘徊只影，且自比、九霄孤雁。浮云卷，待何时看穿、何日行遍。

传说总在江湖，任几度浮沉，未知深浅。秋光渐冷，回首岂能无怨。长堤柳碧，想今夜、春风非远。花容变，似重逢、也如初见。

秋雨
（2021 年 9 月 4 日）

秋风秋雨亦知交，彻夜临窗密密敲。

梦里山河皆异代，心中人物岂同胞。

荒原俱是花儿冢，广厦终无燕子巢。

来日苍凉应满地，驱车依旧赴东郊。

金凤钩

——答故友问

（2021 年 10 月 6 日）

临风叶、也飞去。且剩下、一窗秋雨。远方灯灭，此心安在，依旧止于逆旅。

闲翻经史终无趣。更怕读、少年诗句。白云消散，已难重聚，何必梦中相遇？

重阳有感

（2021 年 10 月 14 日）

帘外秋光自古今，黄花逸事复追寻。

回眸不信人情改，翘首乃嫌天色阴。

大道无涯空进退，故山未老待登临。

凭窗何以辨南北，只有西风凉到心。

酒泉子

——偶闻老歌《乡间的小路》有感

（2021 年 10 月 18 日）

小径荒村，泉水不流山外。老榕树下且酣眠。梦如烟。

醒来人已在秋天，忽觉故乡千里。与谁赤脚走林间？是何年？

吟者诗卷

赴宴归来有感

（2021 年 10 月 28 日）

席上休言世路难，也知来者尽平安。
举杯欲饮心先醉，离座将行腿已酸。
不信人于今日老，但嫌风比去年寒。
归家困极终无寐，坐看街灯到夜阑。

冬夜

（2021 年 11 月 7 日）

深宵归去总如斯，寂寞寒窗酒一卮。
风刃无情驱落叶，雪花何事缀空枝？
茫茫境界愁将散，忽忽光阴醉已迟。
翘首也知春不远，来年未必复相思。

游弘法寺与印顺大和尚及周其凤校长闲谈偶得

（2021 年 12 月 2 日）

幽居何处觅茅庐？古刹尘埃尽扫除。
闻道每愁家事在，谈天只觉世人疏。
水流沧海终无碍，云绕青山且自如。
四望休疑天地改，野花开落似当初。

榕城与诸友聚会有感

（2021 年 12 月 16 日）

灯影摇摇翠色浓，起来独步亦从容。

心之老矣无悲喜，梦也依然任吉凶。

陌上转身花自落，天涯翘首月相从。

东南四季青山在，不觉今宵是暮冬。

屡闻友人不幸有感

（2022 年 1 月 18 日）

独坐风云变，远游江海宽。

往来终寂寞，生死各悲欢。

万里相知在，三冬再见难。

孰能常富贵，所愿只平安。

玉蝴蝶

（2022 年 1 月 23 日）

驱车双手如冰，窗外只微明。未了故人情，休言琐事轻。

霓虹灯易灭，风雪路难行。心也忽飘零，不知何处停。

席间遇某中医有感

（2022 年 1 月 26 日）

席间相对莫生疑，医者从来难自医。

怪事听多终不怪，奇人看久渐无奇。

吟者诗卷

凝眸谁复挑鱼刺，垂首何妨食肉糜。

宴罢独行灯火下，长街来往尽熙熙。

临江仙·除夕

（2022 年 1 月 31 日）

帘外几番扰扰，灯前依旧昏昏。屏中烟火远方人，交谈犹向壁，独坐未开门。

笑语也通世故，吟歌惟抱天真。何须扫尽雪霜痕，三更辞旧岁，一梦到新春。

元宵看月偶得

（2022 年 2 月 15 日）

岂曰清辉冷，残冰入碧波。

潮来声跌宕，云起影婆娑。

今古流光在，升沉幻象多。

明朝花遍野，谁看月如何？

答友人问

（2022 年 3 月 5 日）

昏昏往复亦沉思，行迹不须来者知。

看尽悲欢终漠视，抛开名利尚坚持。

小园独坐花开后，大厦无眠月落时。

提笔但嫌心事少，翻书且笑古人痴。

浣溪沙

（2022 年 3 月 13 日）

江北江南几度春，韶光何处不销魂。小园花也胜山村。

故我故人皆是梦，此时此地亦非真。风吹仍见水之痕。

踏雪

（2022 年 3 月 18 日）

踏雪听风也自娱，梅花开罢竟长吁。

希声渐渐传千里，疏影摇摇困一隅。

未涉江湖心跌宕，不登山岳梦崎岖。

人间已是春光好，小院徘徊何所须？

春夜于途中有感

（2022 年 3 月 29 日）

烟花消散路纵横，灯火依然在旅程。

万物往来皆宿命，四时反复有新生。

春潮但引鱼龙舞，夜雨频催草木萌。

奔走何须嫌闹市，归田终不善农耕。

清明

（2022 年 4 月 5 日）

春光来去总无凭，未敢高歌但抚膺。

野外飞灰曾是火，天涯逝水不成冰。

献花独叹文明变，栽树谁夸礼乐兴。

今日何人犹祭祀，残羹或也惹青蝇。

甘草子

（2022 年 4 月 22 日）

风起。水云翻覆，来去应相抵。柳絮沾鞋底，心上尘难洗。

人在远方尽如蚁。日且暗、流光未已。闲坐长堤任悲喜，况落花无几。

洞天春

（2022 年 5 月 10 日）

三春景亦三变，梦醒珠帘半卷。细雨飞来落花远，剩枝丫如剪。

虫儿作茧破茧，百态归于冷眼。未了相思，也应相忘。情深心浅。

熄灯

（2022 年 7 月 14 日）

熄灯窗下看冰轮，碧海青山印象真。

万载终成无尽夜，一生还有几回春。

往来疲惫嫌亲友，出入迷茫好鬼神。

西北东南皆甚迩，不知何处待归人。

散天花

（2022 年 7 月 16 日）

来去何愁世路艰。能抛心上事，即悠闲。江南江北古林园，桃花曾有意、映红颜。

秋色春光自变迁，谁于明月下，独流连。今宵亦梦亦无眠。不知灯畔影、在何年。

再赠明伦兄

（2022 年 7 月 19 日）

小院芙蓉几度开，巴山蜀水亦蓬莱。
养生且待夸人瑞，服老何须纵鬼才。
一代文章如日月，千秋礼教尽尘埃。
岂言大道无情甚，南北而今易往来。

厅前柳

（2022 年 7 月 23 日）

远游人。听逝水，来桥底，恰黄昏。料天际浮云外，有星辰。只今夜，照山村。

且驻足、霓虹灯下坐，任流光洗尽前尘。却看花开处，是青春。也非假，也非真。

玉阑干

（2022 年 7 月 25 日）

　　浮云逝水能长久，未必众生皆不寿。园中此夜尽花香，何须是、我来之后。

　　大城灯火常如昼，且莫寻、天外星宿。有谁一瞥已沧桑，看红尘、万事依旧。

车中答友人

（2022 年 7 月 28 日）

　　风光看厌几时还，千里浮云总一般。
　　晴雨想来无所谓，沧桑阅尽不相关。
　　直行但觉车如箭，左拐方知路似环。
　　身在何方君莫问，青山之外是青山。

七夕有感

（2022 年 8 月 4 日）

　　星辰天外各孤单，无水之河渡也难。
　　守拙因谁曾乞巧，含悲任尔复寻欢。
　　花于昨日匆匆落，风自今宵渐渐寒。
　　城市迷离光影乱，徘徊何以仰头观？

临江仙·中秋

（2022 年 9 月 10 日）

　　日落身归何处，风来心向何年。贪凉且坐小窗前。云飞千里外，叶舞一时间。

　　看月岂惟今夜，赏花不必春天。幽香倩影或无边。生涯虽似梦，梦里也团圆。

寥廓江天远，微云散碧空。

群峰渐黛色，孤雁送秋风。

草木萋萋后，诗书漫漫中。

鸥心何处去，试问竹林东。

臧新义诗并书《壬寅秋兴寒露夜作》（扇面 68cm×33cm）

吟者诗卷

三年疫逞凶，函夏坠严冬。商旅神疲悴，人情味倦慵。航程开复闭，心愿启还封。谩说楼兰破，关山越几重。

张才书范恒山先生《五律·无题》（139cm×69cm）

臧新义卷

作者简介

臧新义　1973 年出生于河南确山，字涵之，号雨园。中华诗词学会会员，中国书法家协会会员，刘艺书法研究会执行秘书长。2019 年 12 月，在全国政协文史馆举办个人书法展。河南美术出版社出版有《臧新义书法作品集》。

临古人书感怀诗（十首）

其一
乙未中秋临汉《封龙山颂》有感

今夕将逢汉时月，因之把盏再挥毫。
封龙山刻真名世，明月天心秋意高。

其二
乙未国庆节晌午临诸晋名帖有感

魏晋风流几度雄，朝临暮写意匆匆。
小园燕坐心如水，一任长风啸碧空。

其三
临王珣《伯远帖》有感

风流王谢数千年，巷陌寻常代代传。
自古幽人多弄世，三希晋迹两如烟。

其四
己亥春三月午临《兰亭序》有感

春来半日写兰亭，曲水流觞皆性灵。
罢管且吟一杯酒，但书古纸不需醒。

其五
丙申秋 9 月 6 日临王徽之《新月帖》有感

未与诗书稻粱谋，山阴道上自悠悠。
旧琴怎许弹欢曲①，新月曾经照雪舟②。

盛世诗语

欲筑兰亭栽石竹，仍怀晋迹醉觞流。

经年此去未空寂，不意匆匆又一秋。

注：①欢曲，指献之亡，徽之悲伤不能复弹献之琴。②雪舟，指徽之雪夜乘舟访戴事。

其六
丙申白露雨夜书老米并论之

石破东山一米颠，游龙骏马逐云烟。

古风尽化留君意，工笔全无任自然。

大令大王终不缚，老年老境可甘眠。

出新继往名侪宋，怎奈苏黄有逸篇。

米芾书法得王献之笔意，尤工行草，与蔡襄、苏轼、黄庭坚合称"宋四家"。早期谓"草书不入晋人格，徒成下品"，成熟后则喊出了"老厌奴书不换鹅""一洗二王恶札"。单论书法之影响，宋以降几可谓广大教化主，在宋四家中或可排名第一，然苏黄更于诗词文学著称于世，显然为米芾所不及。

其七
丙申中秋后三日临《月帖》得二条屏及句

山阴道上觅仙踪，常对浮云戏墨龙。

幸得唐贤摹刻在，千秋不必说中锋。

《初月帖》之书，逸笔草草，率意畅达，天真自然，正谓"晋人笔法"，绞转、中锋、侧锋等并用，笔法丰富，极精微而臻广大。后人多用"中锋"来追蹑晋人笔法，则不免失之于偏颇。涵之记于丙申中秋后三日，月圆之夜。

其八
辛丑秋临书叹

诗书诚误我，作字积如山。

吟者诗卷

废纸又疲力，念持皆幻般。

临王觉斯，又废纸长卷 50 米，见其"笔墨敝帚也，无益国家，暇中偶一戏为之全力……"句，不觉亦有其叹也。

其九
辛丑秋临王铎有感

诗书干气象，韵古自逶迤。
春草年年绿，王侯是我师。

其十
辛丑岁暮临帖感怀

寒冬多所乐，拟古再挥毫。
何必金丹药，欢欣不觉劳。

辛丑岁暮天寒，深柳堂中临王觉斯拟晋人帖。吾学王铎，尤喜其拟古人书，或为山谷"金丹"之谓也。（黄山谷《跋杨凝式帖后》云："世人但学兰亭面，欲换凡骨无金丹，谁知洛阳杨风子，下笔便到乌丝栏。"）

甲午秋夜宿云湖山庄

甲午秋日，会，夜宿云湖山庄，得此五律。

凭栏秋色里，坐看一湖山。
鸟寂啼清夜，月明思故关。
结茅林野下，留恋水云间。
吟卧陶彭泽，悠悠不欲还。

乙未秋登临武夷山（二首）

其一

酬福建吴家堂建盏见赠

武夷山下老吴家，遗我金瓯兔盏花。

觅得秋风三五夜，与君对坐共分茶。

其二

秋暮微雨游武夷山

中午少饮，于微雨中，乘竹排游九曲溪，见玉女峰。

闽北烟云秀万巅，九湾溪水润茶田。

潇潇细雨解人意，借我醉眸怜玉仙。

忆先师刘艺先生（二首）

其一

读师尊刘艺先生《雪泥鸿爪》有感

幽燕老将气雄浑，麟笔①初成卧昼昏。

书史千秋谁与共？雪泥且得爪鸿痕。

注：①麟笔指著作。陆放翁《小轩》有句："麟笔残功成水品，蛇图余思入棋枰。"书未竟，老先生已病倒，最后定稿付梓即我代签字，后又抱病出席新书《雪泥鸿爪》发布会，缠绵病榻八月余后驾鹤而逝。

其二

丙申岁暮拟向子赋怀师

刘师健笔舞翩跹，千壑松风任自然。

曾种南田知黎苦，终彰曲水晋亭前。

吟君诗卷

岂惟汉草独名世，最是君风众口传。

思旧笛声惊万佛，寒冰凝泪一年年。

刘艺先生，书法诸体皆善，尤以"章草"最负盛名，雄长坫坛。其章草，工处在拙，妙处亦在拙，胜人处则在简古。换言之，刘艺先生章草化繁为简，变诘屈为简直，又以苍茫老辣笔力出之，"导之则泉注，顿之则山安"，充满了力势之美。所书皆浑穆高古，"如幽燕老将，气韵沉雄"；而又清新刚健，"似建安风骨，秋水为神"。世人称之为"刘章体"，可谓一代章草宗师。逝后葬于京西万佛园。

丙申秋9月6日咏先农坛书院（二首）

其一

朱户重檐半掩开，深深庭院遍苍苔。

莫言幽径无人扫，老树秋风俦与来。

其二

昔是明光殿，今随陶令门。

重檐映天色，浅砚醉吾轩。

古木渐秋意，小园唯鸟喧。

坐吟心若水，寂寂更无言。

丙申秋分夜先农坛书院静坐杂感

岁岁长安住，晨昏人境行。

不时来旧雨，何必共心情。

妙语解文味，微风辨客声。

今犹思小隐，聊作一书生。

陶渊明《移居二首》有句："邻曲时时来，抗言谈在昔。奇文共欣赏，疑义相与析。"

富阳谒达夫故居

行至富春江水长，达夫门下沐斜阳。

也曾年少鞭名马，明日何方归道场？

昔年，也曾是文学青年，为了稻粱谋，后来读了法科，工作之暇舞弄一番笔墨，轻轻享受那"又优美，又便利"（梁任公语）的书写快乐。今幸得过富阳，车行富春江边，拜谒郁达夫故居，了却少年当年事。感慨系之，诌打油以记之矣。涵之记于戊戌腊月十三日杭州。

己亥秋读林语堂著《苏东坡传》戏为饮酒诗

将酒微醺便欲歌，一觞一咏醉东坡。

从来饮后愁肠短，自古秋高逸兴多。

常诵陶诗开菊径，偶书禊帖换群鹅。

浮生若得庄生梦，何必黄州寄蹉跎。

东坡曾言，自己平生有三样事不如别人：著棋、吃酒、唱曲。然好饮，"性喜酒，然不能，四五龠已烂醉，不辞谢而就卧，鼻鼾如雷"（黄庭坚语），看来苏轼的酒量确乎不大，其有句"偶得酒中趣，空杯亦自持"（《和陶〈饮酒二十首〉》其一），这也许是仿自陶渊明的蓄琴之举。

庚子疫际杂感（二首）

其一

寂寂寥寥夜与辰，一书一笔一闲人。

窗前几许横斜处，不负芳华又一春。

其二
疫际临《寒食帖》

好风潜入夜，默默解吾襟。

万籁街中寂，千家灯里参。

凭栏堪热泪，弄月且寒吟。

卧恐偷归去，天明无处寻。

辛丑高铁行吟

辛丑仲夏，河南大暴雨，水患重重，高铁三日不开，自驻马店返京终成行，过郑州新乡等沿途观感以记之。

中原返京路，途阻又徘徊。

高铁堪舟舰，低田皆水灾。

千车沉俯去，万宅枕流来。

天道仁安在？生民尘与埃。

辛丑重阳深柳堂感怀

有酒消长夜，何妨秋夜长。

兴来同作草，客去自徜徉。

小隐东山墅，重阳深柳堂。
遥怜故园菊，万里念风霜。

辛丑暮秋感怀

暮秋伤远望，也欲哭途穷。
尽日拟碑帖，偶然谈雅风。
三王兼老米，五柳作邻翁。
心有诗书酒，何妨与世同。

壬寅春日作（四首）

其一
春望思归

客居难着旧时衣，南望中原尽翠微。
杨柳依依后檐燕，故园春色唤人归。

其二
春仲小园漫作

清晨来细径，众木作芳邻。
柔绿柳烟醉，轻红桃色新。
京城花动客，故里鸟鸣春。
不做流年叹，常吟度世尘。

其三
壬寅春分前二日京城暴雪作

长安二月春无暇，几点寒梅细柳斜。

蒙面①寻芳伤醉客②，满城风雪满城花。

注：①蒙面，指戴口罩，疫时代之标配也。②醉客，李义山有句："我
为伤春心自醉。"

其四
壬寅春分前一日京城暴雪时晴作

昨来飞雪舞长安，玉宇琼楼人尽欢。

今日熙阳①冰化去，都生春水润春兰。

注：①熙阳，和煦的阳光，韦应物《西郊燕集》："群山霭遐瞩，绿野
布熙阳。"

编钟乐舞
张才篆刻（3.0 cm × 3.0 cm）

许 海 卷

作者简介

许海　男，籍贯湖北省荆州市，1975年10月出生。北京大学哲学博士，中国人民大学新闻传播学博士后，现为北京市委前线杂志社研究室主任，业余爱好诗词写作，发表诗歌、散文、杂文作品若干，文学作品结集为《第一项修炼：二十年文学作业》。

酉年颂鸡

（2017 年 1 月 28 日）

颔首柔声护雏慈，振羽阔步彩云开。
晓唱云间非悦己，鸣歌常为天下白。

白洋淀纪行

（2017 年 4 月 3 日）

风动波兴水初白，苇摇蛙潜惊客来。
渔家未晓城中事，烟雨蓑翁自怡怀。

题鱼莲图

（2018 年 10 月 8 日）

众绿拥红概无沾，清风摇曳谢尘染。
暗香引得游鱼跃，倚花轻语试问禅。

感金牛图

（2021 年 2 月 11 日）

衔草蓄力卧江村，不待鞭催常励耘。
奋蹄林间未辞晚，笑看青山月黄昏。

悦游

（2021 年 4 月 10 日）

春日觅芳逢新花，舞风竞香任由发。

但为深情摇满树，不必缤纷在我家。

观书有感（三首）

其一

著书岂欲效先贤，收拾作业二十年。

文章无用诗换酒，笔墨有情砚作田。

古云诞书如诞子，今悟立德先立言。

人生识字征途始，拨云见日观苍天。

注：为《第一项修炼：二十年文学作业》出版作，2016 年 1 月 16 日。

其二

无心效馗爱逐闲，率性未欲为人先。

聊放黄鹰竞狡兔，且润枯笔度时艰。

世事每将酬勤勉，文名从来负少年。

卷罢夜阑惟寂寂，忽闻鸡唱晓林间。

注：为《七种错误社会思潮评析》出版作，2018 年 6 月 23 日。

其三

寻章析句类雕虫，舆人聚论幻游龙。

状形质实或非实，谈玄虚空易成空。

学海未恐失琼宇，孤灯又度秋几重。

繁霜千峰应无憾，坐看晓窗花已红。

注：为《社会意识视域中的媒介舆论引导理论研究》出版作，2020 年 5 月 15 日。

过武汉题
（2016 年 5 月 1 日）

自古荆楚多奇士，风云惯看黄鹤楼。

水陆通达连九省，鱼豚潜隐绕沙洲。

子期伯牙话同道，沧海巫山忆旧游。

无情到此肠应断，未许长江空自流。

览南水北调工程
（2016 年 10 月 6 日）

凌江越汉分源流，跃鱼潜龙归薮渊。

非借息壤锁洪患，但凭天工溉田园。

观涛常乐听风语，惊渔未忍止步喧。

南生故地多情水，北上京都化甘泉。

江城子·香山
（2019 年 10 月 26 日）

信步不知山几重，叶未红，秋正浓。踏石访古，行色何匆匆。昔日黄花应犹在，傲寒露，舞东风。

归来繁星漫天稠，灯如昼，人非旧。蓦然回首，往事映心头。半是浮沉半是游，春常秀，水长流。

虞美人·旅中
（2020 年 1 月 24 日）

夜来未知眠几度，霜浓锁归路。窗外青山过无数，暮色席卷许多浪漫处。

晓看日出破云雾，风景皆如故。一时情境纷入目，此中思绪堪与谁叙述。

渔家傲·密云水库
（2019 年 6 月 2 日）

轻舟凌波开水道，鸥鹭翻飞迎客到。当空叫，青山入画宜远眺。

长缨欲借缚龙蛟，旧颜千年换新貌。丹心照，辉映霞天红若耀。

满江红·新年感怀
（2022 年 1 月 1 日）

凝眸回望，又元初，再登高处。忆百年，荆棘若树，波涛若蠹。乱云无数争竞渡，黄粱堪把此生误。国士赴，迷途惟漠漠，多歧路。

男儿血，女儿泪，奈乏术，徒辜负。待日出，破如许霾雾。红旗漫卷遮不住，从此中流砥天柱。荡尘埃，山河无恙，皆如故。

桂枝香·春雪

（2022 年 2 月 13 日）

凭栏寄目，竟是正雪天，千山望路。林莽尽披缟素，野舟残渡。恣肆未记春已立，顿了却，红绿无数。酒温茶热，怎生消受，画书待续。

恰环球冰飞雪舞，看竞快逐强，五洲悦处。光景曾忆昨日，壮声若故。北马快意西风啸，奈相对，肉生肱股。倚窗试问，新词今笔，为谁再赋。

秋色图

甘海斌画（60 cm × 60 cm）

熊垓智卷

作者简介

　　熊垓智　1963 年出生于湖北省仙桃市。中共党员。研究生学历。渤海理工职业学院党委书记。中国自动化学会智慧城市工作委员会秘书长、碳中和与绿色金融研究院院长，教授、博士生导师，中国科学院研究员。诗人、人文学者。共创作发表各类题材长中短篇小说、诗歌、散文计近千万字。

调寄《江城梅花引》

（2021 年 1 月 1 日）

佳人潇洒复归来，月盈腮。泪盈腮。独对寒霜，袖袂绕风台。不与艳芬争翠俏，横疏影，展天姿，寄远怀。远怀，远怀，向谁开。

苦费猜，煞费猜。罢也，罢也，罢不了，风华常开。天下芳菲，心事让春裁。秀骨精神君与共，歌武汉，颂江城，否泰来。

沁园春·元宵抒怀

（2021 年 2 月 26 日）

爆竹惊春，鼓乐喧天，欢度上元。望大江南北，雄狮欢舞；盈空溢彩，火树琼烟。颂赋耕诗，升腾紫雾，炳蔚难藏曜大千。良辰度，举国同庆贺，盛世华年。金牛稔岁丰田。喜乡镇振兴景色鲜。看冰清玉洁，九皋鸣鹤，夭桃杏李，绿雀红鹃。塞北犹寒，江南已暖，锦瑟琵琶万籁传。莺啼序，愿长随明月，把盏团圆。

满江红·端午忆屈原

（2021 年 6 月 14 日）

竞渡寒江，苍茫处、风烟如昨。问广宇、奸臣何妒，楚庸驱卓。一曲《离骚》成绝唱，九章咏叹长流烁。悼忠魂、浩气荡乾坤，人间廓。

当时梦，随月泊。千古恨，同花落。把狂歌、留待后人求索。诗国美妍陈弊扫，文坛璀璨新规灼。祭英灵，驾鹤魄随风，穹天觉。

虞美人·辛丑端午祭屈子
（2021 年 6 月 14 日）

招魂天问情何了。端午龙舟纛。仰天俯地唤英豪。挥泪卜居粽悼、恨昏僚。

天公怒佞悲臣孝。看破红尘啸。九歌情盛念奴娇。弦断谁听纵诉、哭《离骚》。

菡萏组诗
——赠予爱人
（2021 年 7 月 18 日）

临江仙·问莲

半缕清香袅袅，一湖倩影幽幽。波浮娇绿与红羞。雨收明月鉴，岚笼叶间秋。

今夜拨波弄浪，携君同系兰舟。此生痴与汝长留。微风摇菡萏，永葆一池柔。

临江仙·吟莲

丽日柳莺啼暖树，南池碧翠犹浓。潇湘绮丽满江红。绮楼临远树，馥郁近荷风。

数朵婷婷羞粉黛，东方吹绽华浓。蜻蜓放浪立蓬中。平生

吟者诗卷

须惬意，常作泛舟翁。

咏荷

一塘荷碧透清骨，敢与清风日月肩。

污泥淤渍奈何惧，洁雅可持千万年。

注：折腰体。

风入松·思乡
（2021 年 9 月 21 日）

菊为霜紫郁香凝。芦荻飞英。白云入水湖光净，望天空、雁阵分明。愁起芳心感慨，寒侵黄叶凋零。

经年离去念乡情。犹系梅庭，风吹腊蕊香浮院，忆分别、几度叮咛。梦里乡音常听，诗中岸影萌生。

渡江云·中秋花月夜
（2021 年 9 月 21 日）

中秋花月夜，雁衔玉露，丹蕾梓桑苍。看寒塘瘦影野黛幽茫，岸柳锁禅吭。残荷霜染，蟾宫怨、玉兔离觞。秋叶黄、乡愁千惹，饮酒醉诗章。

花霜。一寻知己，共渡天涯，与君膺舟享！人欲醉、吴刚把盏，歌阕疏狂。身单无奈嫌花月，歇歇歇、长梦思乡。情漫切、今宵菊桂弥香。

七律·读《岳阳楼记》寄咏

（2021 年 12 月 21 日）

仰首飞檐重挑角，禅音佛韵满堂春。

千传古句忧和乐，几咏名楼论复陈。

画尽烟波随墨客，吟成曲赋笑诸神。

当惊一记平天下，写透乾坤是圣人。

渡江云·元旦

（2022 年 1 月 1 日）

丑牛行也远，威威寅虎，接棒焕新颜。有梅才报信，朵上春风，柳下起春烟。神州大地，复兴梦、旌纛漫天。庆党建、百年圆梦，写下遏云篇。

翩跹。青山绿水，遍地金银，是殷殷答卷。开放潮、江河长楫，科创争先。几经风雨情酣畅，剑胆在、看我扬鞭。长啸起、一声换了人间。

望海潮·元宵放歌

（2022 年 2 月 15 日）

缀映空，花烟旷野，街灯异彩瑶稠。倩影丽斑柔。蝶恋花丛舞，莺燕鸣喉。今夜无眠，谁与共把酒歌讴？

东风是夜芳幽。五环征逐梦，冬奥鸿猷。双碳目标，山河绿色，创新发展飞舟。斩浪劈波泅。智慧菁英萃，沧海横流。战略华章铺就，奔向未来遒。

东风齐著力·新春

（2022 年 3 月 20 日）

冰解东风，黄莺啼序，满眼芳华。疏梅弄影，瑞气漫天涯。处处人声鼎沸，迎冬奥、火迩银逫。疏枝里，屠苏畅饮，春满人家。

燕剪柳丝纱。迎曙色，瑞年好运交加。好风浩荡，野黛草萌芽。最是门庭绿意，葱茏染，柏翠松斜。追新梦，尧天舜日，万里流霞。

月下笛·初夏赏荷

（2022 年 5 月 25 日）

碧水鳞光，莲荷簇缀，俏姿清疏。荷花艳吐。岸柳黄莺啼序。夏风吹、茵黛绿镶，叶舟荡漾蛙鼓趣。满池香郁馥，蜻蜓迷戏，蝶蜂飞舞。

繁枝裙叶翠，万顷嫩荷婷，倩芳芊莽。淤泥不染，沐濯贞身彰著。色娇羞、婉如玉仙，韵风映日人醉慕。画笺中，自傲蓝天，几处芳蕊妒。

一丛花·端午临近读《离骚》

（2022 年 5 月 31 日）

《离骚》忧愤楚魂缭。烟雨泪波滔。诗风绝唱孤高品，路漫漫、求索迢迢。何惧流离，君昏庸谬，江水咽悲哮。

山川旧国尽殇寥。沉月莽山坳。哀民仗剑为君慨，恨悠悠、悱恻萧萧。橘颂气节，鸿篇事圣，青史铸英韶。

七律·祭屈原

（2022 年 6 月 3 日）

箬叶盈青角粽香，竞舟声里又端阳。

悲风吹浪怀沙恨，碧血叩天哀郢伤。

一代骚人芳百世，两腮热泪揾千行。

情凝华夏沧桑旅，遥祭汨罗垂国殇。

水龙吟·贺我国第三艘航母"福建舰"下水

（2022 年 6 月 18 日）

欣闻航母今加冠，驶向深蓝巡弋。新添"福建"，海疆防守，维权慑敌。科技高新，电磁弹射，创新强国。喜三艘航母，"东风"长剑，扫台独、驱倭日。

重器再增寇怵。射天狼、群鹰飞戟。降魔捉鳖，擒龟伏虎，美欧呜恻。山雨欲来，霸权长臂，日韩围逼。看中华崛起，欺侵谁敢？正春潮激。

行香子·咏荷

（2022 年 7 月 24 日）

风过长堤，粉荷波漪。芳菲醒，花影轻移。早莺啼树，新燕衔泥。醉襟间香，蕊间蝶，竹间棋。

水痕零乱，青莲心思。念前缘，短句空题。知音何许？淡泊相依。共一池绿，一蓑雨，一弯溪。

琐寒窗·在平仄韵律中等你

（2022 年 8 月 21 日）

怎奈桥边，回眸瞬瞋，蓦然寻你。春秋易节，掩饰欢颜分袂。望星空、心喜绽放，怨恩化作尘埃逝。蹈厉诗韵觅，春花秋月，恋思朱齿。

情醉。依稀记。瘦月载相思，释清如洗。闲愁落尽，便尽添残香味。化惆忱、待你盈来，平平仄仄词律寄。冀来生、相遇红尘，等你牵手戏。

七律·读秋

（2022 年 8 月 28 日）

秋来暑退起凉风，雁阵初横掠碧空。
落叶含情飘远处，青荷低首露莲蓬。
篱边丛菊流香醉，树下渔翁钓兴穷。
蛙鼓蝉声融细雨，汀洲惊鹜逐孤篷。

忆秦娥·落叶

（2022 年 9 月 7 日）

秋风烈，满园吹落金黄叶。金黄叶。半粘冷雨，依依离别。

入泥片片深情贴，来年又是枝头悦。枝头悦。再成佳景，方显高节。

八声甘州·喜迎党的二十大

（2022 年 9 月 8 日）

正尧天舜日满江红，新征路鸿猷。恰清秋丹染，菊香桂沁，虹卧吴钩。山雨欲来笑傲，鼓浪立潮头。亮剑慑台独，和统筹谋。

牢记初心砥砺，赶考从头越，横槊中流。喜燕莺啼序，廿大尽方遒。拓新航、柳明花暗，路炳彪、旗猎艳神州。舷歌扣、创新发展，伟业繁稠。

水龙吟·今宵有你月更圆

（2022 年 9 月 10 日）

玉盘清照中秋正，一泻银辉冰洁。嫦娥舒袖，蟾宫醉舞，缠绵和悦。桂菊弥香，阆笺淡染，霜枫一抹。看落叶风卷，烛摇影瘦，犹追忆、谁同阕？

总觉他乡月缺。望星空、雁鸣声咽。悲欢哀怨，合离折柳，春华消歇。玉照无眠，夜寒孤守，鬓凝霜雪。更婵娟露洒，今宵有你，月圆情烈。

贺新郎·国庆七十三周年礼赞

（2022 年 10 月 1 日）

十月欢腾共。展雄风、长城抃舞，黄河雷动。开国鸿酬春光播，立业建功逐梦。建三线、弹星并拥。万里长江天堑跨，截江流，神女平湖奉。凭自力，国巍耸。

初心行践公廉奉。复兴贞、富泽福洪，义无旋踵。西部攻坚乡村兴。东麓创新潮涌。醒狮吼、九天飞纵。奔月嫦娥舒广袖，喜笑颜、城产人联动。金缕曲，国歌颂。

新诗选（七首）

回故乡（楚风新韵）

（2021 年 2 月 5 日）

慈母手中线，游子身上衣。纵行千万里，故乡有盼兮。

——序跋

村庄，在东荆河的北边
鲁家潭，清澈如溪
久违的紫燕
裁剪出新春的盎意

盘坐在大堤
倾听徜徉的流水
窃喜头顶的蓝天白云
以为步入琼瑶的云裳仙居

面向洞庭，放飞思绪
肃然无语
迎风待绿的翠柳
我生命的菩提
张开温柔的双臂
与我相依

随岳高速，载着东西南北的游子
奔驰不息
啄木鸟敲响青龙寺的木鱼
故乡，我心灵的寺庙近了
我捧着月亮
赴约你的佳期

又回江南

（2021 年 4 月 15 日）

荡漾浪水湖，一天碧蓝
桃花源上，陶渊明的桃花
迎春款款
含苞两对半

桃江边的楠竹，清秀一般
扬起，随风婆娑
辣妹子的歌谣
回旋大庸山

叠翠通幽，袅袅炊烟
往前，垂柳紫燕
看那红砖碧瓦的新城镇
又见一片一片改革开放的新农村

篱下老屋，青阶斜缓
苔痕点点，瘦亭肥院
娘舅家的米酒
醉了我的心田

登上宝庆的老桥，追寻历史的悠远
长石醉倒，一拱两边
春风一度
全是潇湘新篇

洞庭湖，柳绿南岸
滚滚财源长江水，万家良顷油菜花
辛丑孟陬
春满江南

故乡与我

（2021 年 8 月 7 日）

坐在孟秋的晚霞中
轻柔的白云
托我思乡的心弦
落于故乡的土地
熟悉的乡音
萦绕在耳际
乡间羊肠的小道

折射出一片蔓延的白杨林
东荆河的滩涂上
倒映着一个蹒跚佝偻的身躯
耕耘在期盼的日子里

秋风升起缕缕炊烟
吹散在空旷的老街
孤寂挂在天边
镶嵌着母亲望儿的眼
岁月把风霜尽染
我祈求上苍还我一个夙愿
能否用那水墨青山
漂染一个当年
在星光下
静静地听妈妈的故事

求知将脚步推出了乡村
却推不走对故乡的情愫
汉水襄河在我的诗歌里流淌
母亲的胸怀足以温暖
远在京城的赤子
奋发图强
我清贫的是日子
担当的却是脊梁

今夜，我乘白云

悄悄踏入故乡的温床
耳根轻贴于窗棂的月光
聆听
妈妈的呢喃
牵挂
让我酸楚满腔

沙漠

（2021 年 8 月 21 日）

你的羞涩
把夕阳捂成了琵琶
晕红的酒窝
勾起我的忐忑
我以我的粗糙
探寻你的光华
时代在不停地变迁
你的胸怀却如此博大
我试图让你微醉
醉在中秋的月下
想揭开你
神秘的面纱

车站等你

（2022 年 4 月 20 日）

车站等你
不管有多忙
说好不见不散
从黎明到斜阳
可一辆辆客车路过
却不见你的模样

在车站
我倚着窗
用苦涩的双眼
搜寻马路过往的车辆
生怕每一阵风起
迷乱我的视线
再也找不到你要去的路标
让我如何跟随你的方向

末班车离站
已是最后的一辆
月亮
已经爬上三更天的忧伤
嘈杂的人流
开始涌向夜市的大排档

吟者诗卷

我伫立街头

惚惚恍恍

一秒，一秒

却如世纪般漫长

任由你

把欢喜与失落分场

七夕

（2022 年 8 月 4 日）

今夜

蝶花曼舞，凝固成千古绝唱的风景

前世的约定，醉了我的今生

栈道旁，山溪边

百灵共吟

璀璨的银河

呼唤伫立桥头的子影

约期艾艾，亘古而来

单等我的一纸飞鸿

云裳仙子红百合

芬芳沓来，穿透水晶

捧衬着我为你献上的 144 朵玫瑰

鹊喜雀跃，迷了花蕊

渺渺梵音借苍穹明月

石榴树下，满天的星星

为你我点灯

感恩老师
——写在中国第 38 个教师节
（2022 年 9 月 10 日）

题跋：师者，传道、授业、解惑也！吾今生蒙幸也为师者，然对我之师者感恩戴德、没齿难忘！"我的心是旷野的鸟，在你的眼里找到了天空。"——泰戈尔《园丁集》

两节逢同日
欣然一庆觞
圆月清风爽
黉门书卷香

我不知道最美的语言生在何处
韵脚纷纷散落
我只听到喜鹊的叫声歇在窗口
梦中是梧桐花一朵
满天的繁星
连着万家灯火

去日风霜堪回首
未来朝夕可凝眸
桂花香向栖凰榭
玉镜升临摘月楼

一缕惠风吹

万顷师恩浩

三尺吟台半世辛

谁把春晖报

桃李漫芬芳

耕者兰亭笑

霜鬓丝丝伏案前

我为先生傲

祖国在我心中
张才篆刻（异形）

冯元起卷

作者简介

冯元起 1951年6月出生于山东省临朐县，职业军人，中共党员。中华诗词学会会员，中国音乐文学会会员，北京音协会员，北京诗词学会会员。多篇诗作歌词被《词刊》《北京诗苑》等杂志刊登，歌曲代表作《祖国恋歌》《初心》《旗帜》等。在庆祝建党百年"全国百首优秀歌词征集活动"中，《同志同行》被选入。

十月的歌声

（2022 年 10 月 6 日）

金秋时节，万千景象，
奋力前行不停地回望。
铭记是最美的畅想，
十月的旗帜高高飘扬。

目标锁定，前进方向，
为了实现美丽的梦想。
愿景在幸福中荡漾，
十月的歌声多么嘹亮。

十月的歌声响彻四方，
记得那年那天国歌奏响。
沸腾的人群激情飞扬，
崭新的中国，如日出东方。

十月的歌声大地芬芳，
难忘那年那月美酒飘香。
满心的喜悦斗志昂扬，
迈向新时代，如龙腾凤翔。

秋风如画

（2022 年 9 月 5 日）

秋风轻轻越过山岗，
惊醒了山里红。
多少笑脸，洋溢空中，
纵横沧海是你的使命。

秋风悄悄浸染层林，
点燃心中的梦。
万千红叶，盎然穹空，
纵横沧海是你的真情。

秋风如画，气势恢宏，
多情的土地大潮涌动。
金山银山绿水相映，
岁月悠悠，我在流连这绝妙风景。

秋风如画，翩若惊鸿，
相爱的恋人紧紧相拥。
江河湖海蓝天辉映，
天涯海角，我已步入这盛世美景。

兵心依旧

（2022 年 7 月 31 日）

八一军旗红，山河披锦绣，
难忘边关月如钩。
那时青春的你我，
向母亲奉上赤诚和问候。

军号多嘹亮，钢枪握在手，
相伴胡杨和红柳。
那已远去的硝烟，
在诉说边城烽火和吴钩。

回望军旅，兵心依旧，
天各一方，痴心相守。
聊得最多，还是当兵的时候，
激情澎湃，恰似大江流。

岁月悠悠，兵心依旧，
捍卫祖国，志在心头。
但听召唤，奔赴前线去战斗，
烈火金刚，不胜不罢休。

今生遇见你

（2022 年 5 月 25 日）

今生遇见你，
是否还有上世的印记。
那缕缕炊烟消失在夕阳里，
月上树梢看到了你。

今生遇见你，
是否还有梦中的笑意。
那一抹曙光升腾在大海里，
朝阳映窗看到了你。

风里雨里还是你，
一颗真心托出美丽。
不要说对天盟誓，
让岁月见证相依相拥的甜蜜。

花开花落还是你，
一片真情奏响爱曲。
使血脉融入旋律，
让生命演绎如诗如画的神奇。

吟者诗卷

夜闻布谷声

（2022 年 5 月 24 日）

夜闻布谷声，惊醒我的梦，
轻轻告诉我，麦熟近芒种。
你从故乡来，带来一片云，
满怀喜悦诉衷情。

夜闻布谷声，声声入我梦，
儿时的场景，正在麦收中。
挥汗如雨下，颗粒皆艰辛，
喜闻麦香几多情。

那时的收，那时的种，
全靠肩背与手工。
一把镰刀一根绳，
还有场上碌碡在滚动。

勤劳的人，诚挚的情，
优质粮食先交公。
为了国家都舍得，
不负天下嘱托和苍生。

啊！这就是我记忆中的农民，
吃苦耐劳，纯朴赤诚。
有一颗金子般的心，
情拥家国，无名英雄。

盛世诗语

大河奔流

（2022 年 2 月 18 日）

登高望远心依旧，
大河滔滔 滔滔向东流。
青山挡不住，九曲不回头，
岁月相伴喜和忧 喜和忧。

更上层楼望眼收，
听那咆哮 咆哮的壶口。
惊涛映霞红，雷鸣向天吼，
奔放相伴春和秋 春和秋。

大河奔流，母亲在呼唤，
悠悠五千年，牵着儿女的手；
风里雨里朝前走，
走出一个自信豪迈灿烂神州。

大河奔流，母亲多刚柔，
大地拥怀抱，万里芬芳锦绣；
风里浪里不停留，
向着更加美好未来勇立潮头。
大河奔流，大河奔流；
大河奔流，大河奔流。

又一曲晚秋

（2020 年 10 月 13 日）

这是一个枫叶飘红的晚秋，
思念和风紧紧挽起了手，
不让岁月白白地流，
这就是我的不懈的追求。

又是一个落英纷飞的晚秋，
思念如磬总是萦绕心头，
相逢在梦梦也问候，
我要把所有祝福变永久。

春去秋来，蓦然回首，
谁是谁的拥有，
只要相遇了就要坚守，
坚守那片红叶摇曳在枝头。

春去秋来，蓦然回首，
谁是谁的永久，
只要在心里就如美酒，
美酒依旧幸福味道还醇厚。

盛世诗语

中秋月圆

（2021 年 9 月 21 日）

中秋月圆，甜甜的笑脸，
从古至今装下多少思念。
多么神奇，多么温暖，
阴晴圆缺演绎美轮美奂。

明月高悬，风儿舞翩跹，
似水柔情洒下多少爱恋。
多么执着，多么静然，
风里雨里书写离合悲欢。

我把思念，托月光捎去，
想我的时候就仰视苍天。
爱恋的感觉真好，
谁能忘记此刻花好月圆。

中秋月圆，把大爱洒遍，
爱有多珍贵温存了眷恋。
情缘在默默传递，
至亲至爱惊艳天上人间。

吟者诗意

青春中国

（2021 年 9 月 3 日）

你像日出光芒万丈，
山川大地，洒满阳光。
会心的一笑，如花绽放，
那是你青春美丽的模样。

你的旗帜指引航向，
千难万险，不可阻挡。
坚实的步伐，如此铿锵，
那是你青春勃发的模样。

青春中国，崛起在东方，
自立精神心中激荡。
艰苦奋斗，再续荣光，
坚定着人民幸福的方向。

青春中国，奋进在路上，
共同富裕民心所望。
道路自信，前程辉煌，
坚定着复兴伟业的方向。

月色荷香

（2021 年 7 月 9 日）

晚风轻拂荷芬芳，
碧波粼粼挽月光。
青蛙鸣鼓，萤火点亮，
绿柳摇岸笛声悠扬。

晚雨初晴泥芬芳，
不蔓不枝摇月光。
夏蝉鸣树，蛩虫欢唱，
鱼儿跳跃涟漪荡漾。

皎月当空，如水流淌，
莲开婀娜，仪态万方。
看万家灯火，是诗情，是画廊，
碧荷影绰约，温馨安详。

星河灿烂，神怡心旷，
荷伞凌波，夜生幽香。
看万家灯火，是欢乐，是吉祥，
碧荷连天际，温馨安康。

吟者诗卷

湘江战役

（2021 年 5 月 9 日）

湘江湘江，雄风浩荡，
山不能忘，水不能忘。
战士的鲜血染红了湘江，
远去的硝烟弥漫在我心房。

湘江战役，荡气回肠，
天不能忘，地不能忘。
烈士的遗骨堆成了山梁，
英雄的壮举铭刻在大地上。

那样地惨烈，那样地悲壮，
绝不退却奋勇前往，
冲破封锁，杀出一条血路，
火热的青春坚定的信仰。

天地大气概，千古之绝唱，
赴汤蹈火浴血荣光，
向死而生，只为心中理想，
信念的火焰胜利的曙光。

微信连天下

（2021 年 3 月 10 日）

微信连天下，相识你我他，
男生帅气，女生优雅。
共同的心声，
绘成一幅水墨画。

山水妙成趣，青春多潇洒，
诗情芬芳，曲调典雅。
优美的旋律，
引吭高歌唱中华。

唐风宋韵温润了这个世界，
基因传承，发扬光大。
文化，吹响了时代的号角，
文化，绽放在复兴路上的鲜花。

中华崛起彰显着文化魅力，
努力创新，点亮华夏。
文化，攀登着时代的高峰，
文化，照耀在复兴路上的灯塔。

吟者诗卷

两岸一家中国人

（2020 年 11 月 23 日）

水有源头树有根，
相同的血脉中华魂，
朗朗海峡月，照亮古和今，
悠悠五千年，骨肉不可分。

象形如画的文字，
流淌着绵绵的乡音，
奔腾的浪花，诉说情和韵，
两岸一家人，血浓情更深。

海峡不宽难逾越，
怎教母亲不揪心。
君莫忘，两岸统一是根本，
为复兴，展未来，携手向前进。

华夏至今未团圆，
长使母亲泪沾襟。
君切记，家和才能万事兴，
铸忠魂，聚民心，昂首向前进。

待到樱花烂漫时

（2020 年 2 月 14 日）

长江水，荡悠悠，
良辰美景何处有，
黄鹤楼空，栏外空自流；
只盼江花红胜火，暗香凝枝头。

家国情，爱悠悠，
春风轻轻拂胸口，
龟蛇锁江，波涌驱清愁；
只盼春光洒江上，红花映绿柳。

春寒料峭寒不久，
人之力，惊回首，
窗口传来国歌声，
四面八方伸援手。

待到樱花烂漫时，
凯歌奏，昂起首，
张张笑脸怎能忘，
浪漫花海把影留。

祖国恋歌

（2018 年 11 月 12 日）

岁月可以带走时光
却带不走我对你的深情向往
你从黑暗中走来
南湖红船给你引领航向

岁月可以改变容颜
却改不了我对你的眷恋情长
你从春天里走来
一路开拓迎来盛世荣光

你我站在这里共同守望
潮起潮落百年沧桑
奋斗着幸福着幸福着快乐着
读懂你的心苦难化辉煌

你我风雨同行敢于担当
为圆好梦汇聚力量
拼搏着幸福着幸福着感动着
化作不朽歌心中永流淌

范秀山卷

作者简介

范秀山　男，祖籍湖北省天门市，现居北京市大兴区。中国作家协会会员，中国诗歌学会会员，北京市作家协会会员，中国电力文学艺术家协会理事，曾任中国电力作家协会副主席。出版诗集《花语》《蓝月亮》《若隐若现》；作品散见于《诗歌月刊》《黄河》《绿风》《鸭绿江》《延河诗歌特刊》《山西文学》《鸭绿江》《北京作家》《中国诗人》等国内多家报刊；作品入选《祖国万岁》《北漂诗篇——2019年卷》《北漂诗篇——2020年卷》《中国朦胧诗2018年卷》《九天文学年选》《中国最美爱情诗选》《当代精英诗人作品选》《新世纪新诗典》等许多选本。荣获第二届《奔流》文学优秀诗歌奖和《九天文学》2020年度优秀作家奖。

写给孙女范筠冰的一组诗

一、舞姿如月光一样流淌

你创立的舞姿，爷爷无法猜想
只看见月光如水，而水流向大地
爷爷只是那皎白之中的一棵松树
在你和爷爷对视的两极之中
你月华灿烂，爷爷就是陪伴你身旁的星光

爷爷看见，你手臂弯弯
托举了一枝又一枝的柳条
当你拂动的时候
我们感受到了春天的荡漾

爷爷看见，你做着飞机起飞时的模样
心中有了一个飞翔的梦想
当你面对宽阔的跑道
我们看到了红日初升时的妖娆

爷爷看见，你如青蛙一样匍匐在地
过长的静默
只为那声冲出井口时的呐喊
我们听到了雷声的高歌和闪电的鸣叫

爷爷看见，在西红门镇"春晚"的舞台上
你双手做出的心形
只想播洒一种稚嫩的爱
我们都知道了疫情中泛滥的温情
……
月光如水，而你的舞姿如月光
在你的举手投足之间
在你的翩翩旋转之中
有幸福浸透爷爷和人们的心房

二、搏击，宛如驶向明天的马鞍

在"搏天下功夫"会馆里学搏击
是一个不到五岁孩童热烈的功课
跑步、跳跃、出拳、踢腿、躲闪……
腾挪中的姿势有模有样
一丝不苟的动作里
诠释了许多坚毅和一些倔强
红扑扑的脸蛋上
让汗水有了崭新的容颜

那稚气的一拳一脚
还没有适应陌生的规则
五彩缤纷的脚步
却有了人生之舞的初衷
坚持上好每一节搏击课

吟老诗卷

229

不经意就收获了高度与宽度

在你挥动臂膀和踢出小腿的时候

就有了搏击远方的力量和明天的勇气

搏击，宛如驶向未来的马鞍

承载与飞翔的是一双闪亮的翅膀

三、在 C 位上微笑

那一张张照片

定格在四季的风景之中

灿烂的微笑

氤氲了春夏秋冬的叶子

你站在前排最中心的位置

吟唱春天那朵风信子的骄傲与传说

坚持到校

是出勤率最高的孩子之一

主动参与公益活动

你的汗水中折射出老师的赞许

做好每一天的值日

你的团队是每一个小伙伴的团队

在日子的记忆里

你的微笑是每一个小朋友的微笑

······

不需要赞美

让自然之美随意生长
身处 C 位并不重要
重要的是那颗平静、热烈而又自信的心

四、把童年收藏在画里

童年是一张白纸
童年更是一支又一支彩色的画笔
你用白纸和画笔
用纯净天然的颜色
把童年的五彩缤纷收藏在画里
把所有对你的爱写意在画里

不论是怎样的构思
父亲的草原，母亲的河
都有一双小小的辫子在牵挂
至于那颗明亮的月
是你怀揣在心中
一只又一只蹦蹦跳跳的小白兔

无论是怎样的季节
都有蓝蓝的天，白白的云，绿绿的树
那些艳阳下的小草和小花
是奶奶童话里的牵挂
是姥姥故事中的小红帽

还有那只飞翔的风筝
是红房子绿窗户不变的相思
……

童年是一幅幅画的剪影
而画，是童年里的点点滴滴
在你的奇思妙想之下
可以随意地涂鸦与创造

五、穿着汉服招摇

在星海幼儿园秋季的开学典礼上
那个穿汉服的小女孩在迎宾道上招摇
光阴的丝线穿越汉代而来
把经典定格在这个秋阳暖暖的季节
这个时候，时间得了癔症
围绕着牡丹花旋转个不停

黑色的冠帽
大红的衣裙和宽宽的黑色眉边
演绎古典、含蓄、轻盈、飘逸的韵味
"罗衣何飘飘，轻裙随风送"
仿佛从遥远的仕女画中飞来
在金秋，站成亮闪闪的过往

"开学了，开学了！"
"欢迎到校，欢迎到校！"

在星海幼儿园偌大的校园里
只有你和那位男孩穿着汉服在招摇
这招摇
一头连着幸福，一头连着未来

六、你的演讲，是一个童话

演讲的仪态给人以惊诧的感觉
甜美的声音可以用泉水来定义
你用形容词、修辞……
让瘦瘦的句子丰腴起来
让宽大的舞台灵动起来
让我们的手掌有了撞击的冲动

黑葡萄的眸子
有着亮亮的智慧
红红的小嘴
诉说春天花瓣舒展的声音
苹果似的脸蛋
有春池和秋水波动的涟漪
偶尔的扑哧一笑
化解了记忆中的盲区
语言和肢体构成的经纬
让小乌龟的故事立体丰满起来

那晚，你的演讲

吟君诗卷

是一个不需要构思的童话

七、做游戏

与你做游戏是一种热闹
在你的尖叫中起步，在我们的笑声中结尾
游戏使寂静的房间更加寂静
让黑夜却变得透明起来

与你做游戏是一场变革
你稚嫩的规则过于霸道、强硬
让我们六十多年的经历、经验、标准
一下子就坍塌了

与你做游戏是一个场景
太阳是天空的颜色
月亮是大地的颜色
而你的脸上，是春花的颜色

在游戏中
我们看到了你如花似水的流年

八、笑声穿过童稚的年轮

咯咯的笑声天真、无邪
充满着磁力和冲击波
仿佛初生的春天
一下子就把冬天所有的荒芜绞灭
抑或山涧的泉水
把叮咚的音乐弹奏给大地与天空

没有一丝杂质的笑声
纯净如琉璃的眼睛和水晶的心脏
我们在你的笑声里收获春风和花朵
我们在你的笑声里贮藏玫瑰和麦穗
我们在你的笑声里采摘果实与琼浆
……
你站在年轮的枝头上娇笑、浅笑、大笑
一个在笑声里乐不思蜀的孩子
一个在笑声里无忧无虑的童年

山的笑声，水的笑声
还有时间的笑声
还有你的笑声
就这样构成了贝多芬的《第六交响曲》

九、那一声声深情的呼唤

爸爸——妈妈——爷爷——奶奶——
姥爷——姥姥——
那一声声用糯米和磁铁打造的呼唤
越过时空，穿过黑夜
把长辈们的思维和动作粘在一起
让蜜蜂感知了甜，让花朵有了醉

呼唤，是不经意的
突然的一声，让你猝不及防
冰冻的湖面一下子就破碎了
色彩斑斓的蝶翅由此打开
一些在四季书写的动人章节
与太阳、春风、月色一起扑面而来

那一声声深情的呼唤
总是停泊在岁月的深处
喊醉了春——夏——秋——冬——

诗友唱和

一、和陈存根书记《春分》

春分
陈存根

（2020 年 3 月 18 日）

新年乘兴故乡行，冠毒肆虐困家中。

独喜疫情终清零，不闻户外燕喃声。

时已阳东阴正西，昼夜均分寒暑平。

勿负仲春岁月好，韶华不输桃李红！

（陈存根，男，陕西省周至县人。系中央国家机关工委原副书记。）

和陈存根同志《春分》
李永金

日新月新迎春分，杏花暴红柳成荫。

玉兰争开对天笑，不见路上多行人。

闭门谢客待许日，人民战疫传喜讯。

祝福祖国年年好，百花争艳喜迎春。

（李永金，男，山东省青岛市人，原北京军区副司令员兼北京军区空军司令员。）

和陈存根书记《春分》
赵发洪

每逢三月路边红，浅草嫩黄盛气崇。

过往鸟鸣人境好，今时妖虐景俱空。

骄阳畅泰摧残叶，天使露妍和秀风。
九域开耕喜春雨，复工复产冗忙中。

和陈存根书记《春分》

傅东渔

民间疾苦动京堂，望气观星审虑详。
正是春分花半好，因愁疫疠垄三荒。
双双燕子搏风雨，万万黔黎盼阜康。
何处风光今独好，此生有幸做炎黄。

和陈存根书记《春分》

冯元起

新年庚子悄无声，窝在家中像鸟笼。
肆虐冠毒横楚地，已着天使战江城。
英雄壮举荣天下，热泪轻含映眶中。
瘟疫清零归静好，春分万里绽花红。

和陈存根先生《春分》

张洪珍

应是佳节喜气盈，却逢天使赴关荆。
惊心动魄扶危病，力挽狂澜抗疫情。
八万民生得救治，三千勇士踏归程。
恰时别赠春分柳，风送平安一路行。

和陈存根书记《春分》

周维

柳烟浅染漫西行，早杏繁花庭院中。

一夜东风温碧水，千株老树隐莺声。

斑鸠作客鸣祥瑞，美景怡心醉太平。

莫恋和光须谨慎，还防恶疫乱春红！

二、和陈存根书记《立夏》

立夏

陈存根

（2022年5月5日）

热风欲迫花退妆，满街恤衫杂裙装。

嫩黄不在催绿肥，墨染田陌禾谷壮。

荫渐蔽堤待蛙憩，荷展玉盘妆池塘。

天道酬勤从不负，只争朝夕迎夏忙。

和陈存根书记《立夏》

甘海斌

和风吹拂地梳妆，绿树成荫日变长。

四野环看油籽密，一垄近观麦秆强。

牛羊觅草上河岸，鹅鸭穿荷在堰塘。

憨厚老农耕种急，勤劳巧妇插秧忙。

奉和陈书记《立夏》
周维

湖边垂柳发梳妆，落日迟迟夏昼长。
田垄茁苗圆舞曲，农家躬稼奋图强。
霞光道道铺金缕，荷角尖尖出碧塘。
青杏如珠桑葚小，蒸蒸万物各繁忙。

次韵陈存根书记《立夏》
空林子

白日炎炎莫化妆，佳人陌上各轻装。
柳垂更展千丝碧，花落犹存一缕香。
欲逐莺声来曲径，为寻荷影到方塘。
只今莫道春光尽，且看蜂儿采蜜忙。

奉和陈书记《立夏》
彭太山

寒瘦春姑卸晚妆，丰腴夏姐炫时装。
欣闻垄上犁耙响，乐见花丛蜂蝶狂。
燕语莺飞垂岸柳，粽香蛙鼓遍池塘。
熏风吹得仙姝醉，谁助田家抢插忙！

次韵陈存根书记《立夏》
戴先根

谁输炎息褪红妆？空穴来风约夏装。
游絮惹人挥手远，落花沾衣入怀香。
青衫裸足钓莲浦，翠叶初苞分柳塘。
拂面熏吹开梦境，渔歌起落采莲忙。

三、和陈存根书记《寒露》

寒露
陈存根
（2020 年 10 月 8 日）

燕蓟连日风欲狂，云收云覆天无常。
昨沐丽日宛若夏，今添外装肤沁凉。
绿瘦黄渐汽凝露，寥阔天高雁南翔。
城里沽酒品蟹肥，可知乡间收种忙？

步韵陈存根书记《寒露》
傅东渔

五星聚会异邦狂，日出东方复典常。
明月千江同露雨，昆仑三截共炎凉。
运移秃鹰空悲徙，时至苍龙喜奋翔。
而今禹甸陶陶乐，江北江南收割忙。

诗友唱和

和陈存根书记《寒露》
汪桃义

寒露惊秋倍送凉，暮晨愁试厚衣装。
犹听四处虫吟杳，且望蓝天雁阵长。
院内林萧唯柏劲，路边草萎任菊黄。
每临此季相思笃，沽酒凝神念故乡。

步韵存根书记《寒露》
胡水堂

庚子妖魔几度狂，西风更是复无常。
昨朝丽日如南国，今夕商飙到五凉。
鹰急白头云海叹，龙恩天下九州翔。
露华滋润芳新菊，酣酽金秋梦也忙。

和陈存根书记《寒露》
张洪珍

阵雁飞南露意凉，枫丹色染菊花黄。
乡间收种粮仓满，城里酒沽品蟹螃。
遭遇萧寒珍惜暖，历经肃降盼春芳。
皱纹加叠衣添厚，不忘诗情拾墨香。

和陈存根书记《寒露》
冯元起

近日风吹扫地凉，为迎寒露做衣裳。
空山夜过生红叶，银杏轻摇裹靓妆。

冷气凝集成宝露，珍珠晨起映朝阳。

婵娟八月逢双喜，万里山河浸桂香。

依韵和陈存根同志《寒露》
周维

转瞬暮秋天欲凉，清寒漫溢草凝霜。

蛩虫别苑鸣黄叶，陶菊东篱散郁香。

远岫红枫千树树，长空雁阵一行行。

乡间四季无闲处，垄亩农机收割忙。

依韵陈存根先生《寒露》
赵发洪

一线秋光昨日狂，世间物理绝非常。

薄云似雾遮深谷，大地如丝渐翠黄。

除去心头阴魅快，邀来象外响晴昂。

康庄试问谁人事，你我同俦梦九章。

四、和陈存根书记《大寒》

大寒
陈存根

（2022 年 1 月 20 日）

雪朦晨曦天撒花，远近一色堪入画。

大寒实至又名归，冬景意臻境绝佳。

户外风冷沁肌骨，室内茶暖话桑麻。
窗透腊梅送点红，方知万物盼重华。

和陈存根书记《大寒》
姜琳杰

谁主云外事，遣雪寒日归。
且任山河远，入墨仅一挥。

和陈存根书记《大寒》
傅东渔

广寒片片雪花飘，欲与梅英竞俊娇。
天上人间同胜景，山河表里共清寥。
趁势而行龙虎战，与时俱进鼎炉调。
中堂不发凡尘语，应是羲和化圣朝。

和存根书记《大寒》
赵发洪

昨前预报强降温，说是年回六十轮。
晨起推窗冰蕊至，昭融开户腊梅真。
京张覆地欣逢雪，冬奥健儿神勇身。
匆促人流背囊阔，心情安稳喜迎春。

和陈存根书记《大寒》
张才

辞旧大寒好雪花，远观楼宇同入画。

犹似飞仙去又归，遍洒祥瑞到万家。
窗外飘飘随风舞，室内阵阵笑语佳。
梅红雪白诗又成，神州万物发春华。

和陈存根书记《大寒》
周维

恰值大寒飘雪花，琼妃舒袖漫无涯。
笼阴市井萦宵夜，破晓京城裹素纱。
静静窗前观落絮，融融室内乐烹茶。
天倾六角承祥瑞，化作春风入万家。

和存根书记《大寒》
汪桃义

卷帘晨色裹飞花，如絮随风进我家。
只恐雾浓遮素影，欲拨霓彩探轻霞。
大寒旧岁冰天至，雅韵新醅逸趣发。
梅艳香馨春又近，应知嫩绿向枝丫。

和陈存根书记《大寒》
甘海斌

岁序更新天雪舞，堪为吉兆史论嘉。
逐穿楼阵临窗口，上下翻飞冠树丫。
清白靓妆京百县，冰莹美扮域千家。
梅红松挺迎春色，虎跃龙腾兴中华。

和陈存根书记《大寒》

冯元起

一色苍茫美若画，大寒大雪雪飞花。

隔窗远望青松俏，居室近观茉莉佳。

雪里前行成妙趣，枝头静落绽芳华。

昔年崇礼偏安处，冬奥今朝赛场滑。

五、和范恒山先生《临江仙·西安回眸》

临江仙·西安回眸

范恒山

（2020 年 9 月 4 日）

高塔深门藏厚韵，流霞袖剑交融。半空血雨半和风。几多荣辱，都汇藁街中。

岁月三千成旧忆，镐丰今世犹雄。古垣新郭竞兴隆。丛楼深处，皓日透心红。

临江仙·依韵范恒山先生西安词

赵发洪

自古长安豪杰地，烟云锁尽英雄。高墙宫里溅猩红。覆盂邦乍喜，薄命迭匆匆。

威临城垣依旧郭，人间流竞隆功。今朝国梦九州同。遥望西域景，舞领起关中。

临江仙·和范恒山兄西安词

胡水堂

凤鸣岐山移星斗，秦皇汉武唐宗。兴盛尽在不言中。八方朝圣，几度起东风。

成康逝去三千载，当论今日英雄。云河之上舞长空。孟岩承志，润泽九州同。

临江仙·依韵恒山兄西安词

甘海斌

高墙井坊森严宫，八水绕城交融。三千春秋血与风。几多人称雄，都付尘泥中。

汉唐丝路成追忆，今世重张繁荣。万邦聚汇竞兴隆。班列驰域外，续唱《东方红》！

临江仙·和范恒山同志西安回眸

张洪珍

策杖太白绝顶处，云游万壑天连。三秦大地育先贤。古都升乐府，诗圣笔如椽。

雁塔金秋苍霭外，楼光栋影如烟。复兴鼙鼓响高巅。中原延血脉，砥砺写新篇。

临江仙·和范恒山秘书长西安词

郑庆红

秦时明月长安照，青砖琉瓦檐红。硝烟炀火卷西风。王侯将相，觅侠影萍踪。

千年古都承雅韵，竟陵诗派新筑。和弦拨动广寒宫。一怀家国，惟愿与君同。

临江仙·步和范恒山先生西安回眸

周维

巨石镌精千钧势，碑林伟峙昭融。云舒云卷漫随风。前朝故事，典载字行中。

长安旷古传帝业，当年三辅威雄。重檐紫阙几时隆。登城远眺，旭日染霞红。

临江仙·依韵范恒山会长西安词

傅东渔

三大干龙昆岭出，终南祖脉灵峰。岐山鸣凤拜飞熊。秋风生渭水，王道起关中。

又遇河清圣人现，华胥梦问崆峒。武王伐纣地天通。长安又红日，煮酒论英雄。

六、和范恒山先生《酬友》

七律·酬友

范恒山

（2021年5月8日）

幸得领导、朋友为《高扬起奋斗的臂膀》一书寄言赋词，溢美之词愧不敢当，特以《七律·酬友》以谢之。

回环胸曲度平章，一甲斑斓寄热肠。

溽暑祁寒知日月，霜刀风剑辨阴阳。

慎书梦得谐中怒，常记东坡损后扬。

莫道庙堂功德显，身心安处是陶乡。

李永金司令员贺诗
（2021 年 4 月 27 日）

因为你的大作，名扬四方。

中华的优秀儿女，

高高扬起奋斗的臂膀。

飞越高山，斗风战浪，

开拓进取，成绩辉煌。

统帅一声令下，

展开奋斗的翅膀，

向着梦圆，向着幸福，

向着安康飞翔飞翔。

贺范会长新作出版
张才

高高扬起你的臂膀，

奋斗的呼声响彻四方。

一带一路，两翼齐飞，展翅飞翔。

复兴路上，从来不会平坦。

十四亿中华儿女，

逢山开路，遇水架桥。

任何势力，都无法阻挡。

为构建人类命运共同体，

擒狼剁虎，奔向深蓝，迎接远方。

雄起的中华民族，

在党的旗帜下铸就辉煌。

拜读范恒山先生《高扬起奋斗的臂膀》有感

周维

范公论著领潮头，落笔清新立意稠。

字墨狂澜标正念，文心砥柱泛中流。

守诚致远修人品，求进知低逆水舟。

欣降锦云凝玉露，风光无限在高楼。

读范恒山会长新作感赋

傅东渔

为文不识范恒山，纵号诗家也枉然。

楼记岳阳称祖训，玉泉趵突扇巾纶。

举旗改革吴门俊，规划方州誉九关。

今又洛阳传纸贵，竟陵新派赋斑斓。

鹧鸪天·贺范恒山会长《高扬起奋斗的臂膀》
文集出版

张洪珍

举翩鸿鹄逐碧空，传播华夏改革风。燃烧生命呈光亮，不骛虚名脚踏功。

持本色，表心彤，出征破浪正帆篷。立德治国逢机遇，向善修身一路通。

拜读范恒山兄新著《高扬起奋斗的臂膀》有感

甘海斌

拜读仁兄锦绣章，披肝沥胆热忠肠。
情倾社稷光年月，心系黎民义气昂。
岂畅宏论声播远，焉为虚誉献良方。
思谋皆为兴亡事，才华不论八斗量。

次韵恒山兄贺新著出版

胡水堂

高昂振臂谱华章，热血雄魂出梦肠。
似若太公明日月，犹如商圣辨阴阳。
黎民百姓倾心计，社稷江山激越扬。
不慕功名虚摆设，只留清洁向陶乡。

西江月·读范兄《高扬起奋斗的臂膀》

赵发洪

至论心声凝粹，渊襟善教高瘳。博文广种智通谋，奋起少年时候。
淡泊无忧名利，雄才细制前俦。鸿书一本握千秋，读罢春风透牖。

拜读范恒山教授新著《高扬起奋斗的臂膀》有感

冯元起

新作拜读意不凡，珠玑闪烁耀全篇。

蓝图巧绘铺新路，位重高瞻破隘关。

精准扶贫施妙策，科学致富上高端。

官员学者恒山具，惟楚有才范大贤。

鹧鸪天·拜读范恒山教授新著
《高扬起奋斗的臂膀》有感

周维

字字珠玑亮眼眸，文溪澄澈涌清流。发研阐理文辞引，改革标高睿智谋。

坚国体，固金瓯。编经织纬献宏猷。雄文激越鸣鼙鼓，击水三千搏浪游。

七律·读范恒山先生《高扬起奋斗的臂膀》感怀

汪桃义

庙堂献策见华章，谋远究微挂寸肠。

巧绘宏图言社稷，高瞻韬略顾八方。

倾情总系江山久，笃志常思事业强。

字字珠玑彰大智，通篇细品放光芒。

致范恒山先生
魏开功

壬寅初伏后二日晚与乡邑著名经济学家范恒山先生餐叙,录其诗《酬友》贡拙,并步其韵和之。

> 研求改革绩平章,口若悬河赖锦肠。
>
> 谈笑洞明彰德范,人情练达辨阴阳。
>
> 神飞志逸京城显,述富文丰寰宇扬。
>
> 人物风流出荆楚,逢君一席羡同乡。

奉和恒山先生《酬友》次韵
刘继成
(2022 年 7 月 16 日)

壬寅初伏,同邑贤达范师兄南下武昌讲学。不才聆教,续貂致意,以为迂迎。此其时也,众皆欣然。

> 备闻纸贵胜龙章,台阁生风锦绣肠。
>
> 歧路行中开独步,横渠句里过重阳。
>
> 京华名利且谈笑,故楚箪瓢永激扬。
>
> 一别经年劫余见,新诗旧梦共还乡。

诗友唱和

七、和范恒山先生《七律·雪》

七律·雪

范恒山

（2022年1月22日）

大寒之后，京城连日降雪，为多年少见。见白絮飘飘，感而吟之。

威凛玉龙临地舞，万千鳞甲漫苍穹。
六花织毯青山隐，银粟妆帷绿水蒙。
迎霰挺枝松柏劲，傲冰展蕊竹梅葱。
沐霖喜作寒江钓，洗净烟埃接煦风。

赓和范会长《七律·雪》律句

周维

五九凌寒酬岁杪，欣观玉瓣舞苍穹。
千重韵籁归何处，一色乾坤目混蒙。
拾羽楼台迷隐隐，披银松柏郁葱葱。
纷扬瑞雪滋京阙，紫禁呈祥和合风。

八、和范恒山先生《桂枝香·春节寄望》

桂枝香·春节寄望

范恒山

（2022年2月1日）

虎临牛别，让威武神州，温张柔结。万户千门举宴，酒酣身热。花容人面偕相和，彩灯妍、童欢耆悦。胜期何在？瑶台雅会，中华年节。

惠风引、山更水迭。正世纪迁变，征关如铁。叠嶂层峦，难阻逸思綦辙。初心不失谋鸿愿，倚元元争创奇绝。尧都舜壤，复兴重现，五晖敷彻。

桂枝香·步韵恒山兄春节寄望

胡水堂

金牛辞别，见虎啸九州，盛装高结。万里天宫寄语，醑醨酣热。桃花羞面华灯照，闻钟楼、声洪人悦。武城京兆，墩容冰雪，恰逢春节。

念自然、时空错迭。览世纪中华，雄关如铁。挽住云河，游目骋怀同辙。鲲方怒翼思鸿愿，蕙心如薰艳超绝。五晖光耀，便将阴霾，雾卷云彻。

桂枝香·赓和范恒山先生春节寄望

周维

金牛拱别，正一夜双年，陶春心结。共享佳肴盛宴，酒温肠热。高轩暖阁融融气，万千家、承欢怡悦。普天同庆，恭临四极，九州佳节。

又一年、千重百迭。继往圣初心，新征如铁。宗旨昭昭，骋信念之云辙。扶摇一翼三千里，振兴华夏创殊绝。桃源共享，花香鸟语，气清天彻。

桂枝香·和恒山兄春节寄望
甘海斌

丑牛辞别，迎寅虎腾欢，新符张贴。天朗风和日丽，舞狮歌阙。花开明艳彰庭贵，阖家欢，童笑耆悦。九州同庆，五环叠会，新春佳节。

思往矣，千回百折。创复兴之路，关隘如铁。伟业昭昭，片片赤心凝结。如今赶考重开步，志于"双百"再飞捷。河清海晏，龙吟虎啸，气冲云彻。

桂枝香·壬寅春节和范恒山会长
傅东渔

残寒乍暖，正否去泰开，梅绽琼馆。宝殿华灯霓裳，万邦旒冕。龙吟虎啸风云会，利东方，五星同转。岳峰如如，江河浩浩，运兴雄算。

望四海，神州独善。聚宇宙灵能，百灵来献。古木逢春，东野甸麒麟现。信平天下丰城剑，但为天口冲霄汉。壬水寅木，冰销丽正，兆民齐愿。

九、和范恒山先生《蝶恋花·咏牡丹》

蝶恋花·咏牡丹
范恒山
（2022 年 4 月 28 日）

百卉隐时辉独耀。一展芳姿，瓣瓣呈精妙。不与杏桃争宠笑，只依春暮留斜照。

质朴无心追宇庙。紫艳红光，雍雅妆成峤。总使欢颜驱谤诮，天色国香迎耆少。

蝶恋花·次范恒山先生韵咏牡丹花
空林子

国色不须常炫耀。一绽芳心，孰解其中妙。或曰百花终可笑，等闲独得春光照。

未许天香呈太庙。闹市名园，冷看青山峤。富贵且凭寒士诮，东君与我皆年少。

蝶恋花·次范恒山先生韵咏牡丹
周维

倾国倾城开绚耀。一展娇容，朵朵芳姿妙。不屑争春赢众笑，天香月影清晖照。

为了尘缘常伴庙。岱岳奇观，织锦横仙峤。花绽有时凭诋诮，镜花缘里当年少。

蝶恋花·次韵范恒山先生咏牡丹
彭太山

璀璨霞冠亭苑耀。冷艳孤高，风骨人称妙。羞与群芳呈冶笑，逆鳞抗旨违皇曌。

无悔当年辞社庙。甘落凡尘，红翠生溪峤。肥瘦淡浓随誉诮，铅华自信凭年少。

蝶恋花·次韵恒山大哥咏牡丹
汪桃义

吟诵千年名显耀。国色天姿，尽态极妍妙。春暮群芳相映笑。游人争睹偎依照。

富雅风流非宇庙。大度雍容，倩倩香边峤。传悦媚娘消诽诮。悠悠故往知多少。

蝶恋花·依韵范兄咏牡丹
赵发洪

分外妖娆花落早。未待春留，已是泥芳草。唤得春阳无限好，可哀却比人先老。

绘得丹青藏画肖。做伴兰芝，饰我寒厅妙。万里行云穷览了，白茸迷乱撩人少。

蝶恋花·步韵恒山兄咏牡丹
胡水堂

绿艳媆娴园煜耀。浅复红衣，翩若惊鸿妙。犹见宓妃冲尔笑，洛川斯水霞光照。

流入凡尘离九庙。愁断花心，春色留溪峤。风骨一生无讪诮，令人欢喜令人少。

蝶恋花·次韵范公恒山咏牡丹花
戴先根

坐拥天姿如日耀。魏紫龙钟，善解华严妙。一任春风桃李笑，繁华事散空斜照。

金粉霞帔辞太庙。湖海萍踪，惯看风云峤。尘世纷纷褒与诮，忘情忘物忘者少。

注：作者为北京新竟陵诗派成员。

蝶恋花·步韵范恒山会长咏牡丹
冯元起

国色天香非炫耀。尽展芳容，秀美堪称妙。谷雨风吹拂袖笑，阳光洒下依栏照。

富贵何须传太庙。正茂丰姿，典雅悠然峭。百世花开开不诮，媚娘总怨芳华少。

蝶恋花·依韵范恒山会长咏牡丹
傅东渔

梅与牡丹谁更俏。梅报春归，更牡丹春老。梅胜牡丹三分傲，牡丹最是龙潭好。

端午龙飞青时到。夏首春残，九域天香缈。应谢梅花驱冷峭，花王一放春芳杳。

咏牡丹
甘海斌

忙乘春去绽园东，富贵雍容数百丛。

我诮牡丹倾国色，不如雪中一枝红。

吟牡丹
胡水堂

庚子妖风楚地寒，壬寅抗疫沪城安。

巡天西半弥邪气，惟有东方正牡丹。

十、和范恒山先生《七律·"五一"忆昔》

七律·"五一"忆昔
范恒山

殷勤未感困寒枝，气骨凝成稼穑时。
扁担一横挑日月，铁犁四纵绘雄奇。
汗浇稻菽轻三鼎，心系黎元重七治。
常念田畴烟火色，邵园赛过凤凰池。

次韵范恒山先生《"五一"忆昔》
空林子

小园回首见空枝，独沐斜阳任几时。
沧海归来谁不老，青山看尽自无奇。
身穷岂是财能济，心病终非药可治。
或曰韶光依旧在，飞红今夜满春池。

"五一颂"兼和恒山弟
彭太山

创造当尊劳者魁，颂歌万首酒千杯。
敢移天上蓬瀛境，巧扮人间锦绣堆。
励节虚心追绿竹，凌寒争艳媲红梅。
勒名峰石与谁共，旗展锤镰应勿猜。

七律·庆"五一劳动节"感怀兼和恒山兄
甘海斌

时逢五一赋新章，奉献之歌四海扬。
虎步龙骧兴伟业，天蓝地绿绎芬芳。
文明来自茧双手，幸福源于铁脊梁。
勤奋人生当礼赞，世间劳动最荣光。

十一、和范恒山先生《七律·母亲节忆母》

七律·母亲节忆母
范恒山
（2022 年 5 月 8 日）

恩隆何止弄衣针，御冷驱寒作莽林。
文墨不亲怀大势，慈柔直驻侍微砧。
频将自物当他物，总遣人心省己心。
一日做仙成永诀，长教儿女泪沾襟。

次韵恒山先生《母亲节忆母》
周维

牵连岁月那根针，穿引慈恩忆故林。
半世枕中翻旧梦，千回溪畔响寒砧。
孰知落木青山老，难报春晖寸草心。
戚戚唉声悲白发，潸然独泣泪沾襟。

依韵恒山兄《母亲节忆母》
甘海斌

恩隆始自弄衣针，厚薄温寒总挂心。
白昼解饥燃灶火，夜沉浆洗捣陈砧。
藤长方结瓜怜子，根壮终滋叶为荫。
至上春晖光永驻，无穷哀思泪沾襟。

次韵恒山大哥《母亲节忆母》
汪桃义

萧疏村夜手缝针，炎日凛冬渡暗林。
总是天涯思瘦影，依然海角忆寒砧。
持家育子贤能本，处世为人谨善心。
驾鹤西行犹九载，无缘反哺泪湿襟。

次韵恒山弟《母亲节忆母》
彭太山

思丝如线不离针，鱼恋深渊鸟恋林。
九夏魂牵望月影，三秋梦绕捣衣砧。
天寒始觉春晖暖，路迥方知萱草心。
千古孟郊何处去，一篇读罢泪盈襟。

依韵范会长《母亲节忆母》
冯元起

千丝万缕赖衣针，岁月相牵鸟恋林。

袅袅炊烟知灶火，清清夜梦懂寒砧。
青山莽莽春晖意，寸草依依赤子心。
千古轻吟一片孝，今朝看罢泪沾襟。

次韵范会长《母亲节忆母》
戴先根

儿时家母教穿针，忽忽堂前蔚为林。
盘点艰辛多感戴，常提窘事似敲砧。
家慈家父幸康健，胞姊胞兄至孝心。
手足相看俱华发，承欢依旧慕青襟。

依韵和范兄《母亲节忆母》
赵发洪

常思年少别丝语，最忆忘怀叮嘱音。
忠训读书皆有用，虚衿造化自成林。
闻鸡听惯故乡雨，立马愁因征路骎。
在外恐添慈母泪，感时从不说伤心。

和范恒山会长母亲节诗
傅东渔

江有源兮树有根，老牛舐犊忆烟村。
鹤鸣雏子曦光暖，乌饲娘亲昊极恩。
孟母择邻存懿范，欧公画荻荐轩辕。
齐心不负初心语，报国精忠共赞元。

十二、和范恒山先生《七律·父亲节忆父》

七律·父亲节忆父
范恒山
（2022 年 6 月 19 日）

撑峰托岭做微尘，播雨耕云树伟身。

赤足润畴倾昼夜，弱肩支鼎叠诚真。

敬民总付满腔血，苛己不贪半寸纶。

音貌难随仙骨去，庭中常跪舞斑人。

七律·次韵恒山弟《父亲节忆父》
彭太山

严椿早已化纤尘，犹忆当年伟岸身。

耿介胸襟生性烈，赤诚肝胆率情真。

持家有道循勤俭，追梦无缘负纬纶。

遗嘱儿孙须记取，堂堂正正好为人。

忆父悬竹片逼做作业并和恒山兄《父亲节忆父》
赵发洪
（2022 年 6 月 23 日）

竹片三条尺半根，高悬墙壁示及神。

莫非耍赖真偷懒，操起全然恐吓人。

常念读书门户旺，总唠家业子孙勤。

期于儿女出头地，教诲铭心留后昆。

十三、和范恒山先生《锦堂春慢·夏日遣怀》

锦堂春慢·夏日遣怀
范恒山

柳悦杨滋，荷开堇绽，玫瑰月季争香。布谷青鸡对语，燕集莺航。粲丽丹葵曼转，薛荔旋舞高墙。更烟飞云跃，山系江流，草暗天疆。

常忆当年雄劲，感青春似夏，猛志昌光。骋目田畴城郭，计付遒章。凤阙兰台论策，说利弊、难掩疏狂。不信韶华去也，昨日豪情，兀自翔祥。

锦堂春慢·次韵恒山会长
周维

喜送春归，莲池染翠，和风麦气清香。更有粼粼碧水，楫动舟航。绿满田园农户，青藤蔓引东墙。立高台远眺，郁郁葱葱，草木连疆。

漫忆青春岁月，尽镂心凿骨，热血凝光。聚敛燕山侠气，剑化雄章。白发豪情不减，抒韵宇、酒罢诗狂。不信廉颇老矣，抚夕文今，任我徜徉。

锦堂春慢·依韵恒山兄
甘海斌

云白风轻，霞光普照，榴花似火飘香。池中波光荡漾，菡萏初芳。篱上蔷薇竞艳，楼头藤蔓爬墙。赏夏槐风物，不是春光，更胜春光。

嗟叹白驹过隙，惜浮萍寄旅，少有荣光。不屑奉迎圆滑，谙著文章。卅载从戎磨砺，纵激情，稍减疏狂。喜颂黄昏晚唱，才思如绵，韵海徜徉。

锦堂春慢·次韵恒山会长
戴先根

小满时分，芙蕖乍绽，蜂吟栀子熏香。柳岸龙舟待发，乳燕窥航。晴和烟笼碧翠，槐荫淡抹西墙。极目何葱倩，水泽离离，清景无疆。

五十年来一梦，嗔贪痴纠结，空负韶光。徒羡少年勋业，太守文章。且惜流年今夕，侠侣共，诗酒张狂。梦里霞光世界，万象恢恢，日月徜徉。

锦堂春慢·次韵恒山兄
汪桃义

碧水青萍，风拂翠影，蔷薇茉莉弥香。莺燕高低剪柳，竟未迷航。恍见蜂蝶邀舞，频频往复花墙。看儿童嬉戏，翁媪同欢，活力无疆。

常怀吾身非我，自根植建旅，未负韶光。四海为家意笃，情向华章。解绶归闲渐近，鬓已衰、些许疏狂。莫恋曾经过往，笑看前方，更不徜徉。

十四、和范恒山先生《七律·欢聚》

七律·欢聚
范恒山
（2022 年 7 月 20 日）

伏中雅会傍沧浪，经久思潮倏瞬张。

才忆莼鲈桑梓趣，又谈鱼雁阁台芳。

筋书锦卷酬行客，隽语箴言寄夏阳。

满座刘伶图一醉，无边风景在瑶觞。

乡邑伏暑雅集南湖丽岛花园沧浪阁，步范恒山先生《欢聚》诗韵和之
魏开功

南湖雅集客沧浪，溽暑蝉鸣鸟翅张。

商贾鸿儒乡谊重，珍馐美馔玉醅芳。

千杯畅饮开胸臆，半夜闲聊待旭阳。

不忍韶华东逝水，惜时期诺再倾觞。

十五、和傅东渔先生《七律·三清龙宴》

七律·三清龙宴
傅东渔

昔岁皇家宴鼎臣，今朝词客唱酬新。

龙潭美酒诗仙醉，佛手浓茶道骨醇。

游艺依仁舞雩趣，为文会友画堂春。
苍山日暮青天外，谁与同归慰旅尘。

和傅东渔社长三清龙宴
甘海斌

昨日诗朋唱和频，今朝客主宴翻新。
一坛美酒闻先醉，三盏浓茶品后醇。
游艺公知兴趣烈，结缘皆认故乡亲。
置身沧海云天外，殊路同归慰旅尘。

步韵傅东渔社长三清龙宴
汪桃义

骚客纷纷颂楚臣，佳节雅聚再呈新。
几坛美酒催诗韵，满口乡音伴馔醇。
意趣相合行久远，情缘投契常如春。
敲窗细雨携风紧，暖畅流觞对静尘。

十六、和甘海斌先生《八一抒怀》

八一抒怀
甘海斌
（2022 年 7 月 29 日）

从戎投笔卅余载，暑往寒来砺铁肩。
笃定初心追远梦，未曾移志负华年。

而今云鬓花如雪，依旧豪情气贯天。
解甲放鞍思四海，挥毫摛藻铸新篇。

步韵甘海斌局长八一诗
傅东渔

雄师劲旅史无前，复兴伟业仗钢肩。
龙腾震旦开新局，义举南昌肇纪年。
世界倏然变旧势，神州弹指换新天。
一人幸得能元帅，五府五军藏豹篇。

建军九十五周年感吟兼和甘局长
周维

举我戈矛解自身，洪都烽火骋飙轮。
搴旗草履飞云冷，仗剑吴钩创世新。
万里征军酬远志，百年绮梦净缁尘。
子魂耿耿殷勤顾，陆海空天护国钧。

次韵海斌弟《八一抒怀》
彭太山

风云变局倚长剑，家国平安赖铁肩。
史鉴昭彰悲老大，任公寄望勉青年。
请缨投笔男儿愿，起舞闻鸡冰雪天。
磊落如君坦言笑，曾经无悔戍关边。

战士之歌兼和甘局长

赵发洪

热血男儿遐想多，青春挥洒苦功磨。
机场黑夜独巡哨，峡谷悲风孤枕戈。
操训考评休落后，公差勤务打头拨。
而今军服换民服，还念当年那首歌。

鹧鸪天·八一感怀兼和海斌兄

胡水堂

眼见乌东烽火天，寰球局势正飞迁。妖风尽显霸凌气，细雨难消盛怒烟。

庆八一，忆从前。何曾让美渡江边。龙腾虎跃开新局，不畏强权仗铁肩。

和海斌兄八一抒怀

冯元起

枪声响起大江边，英勇卓绝克万难。
为了人民得解放，从来重任敢承担。
功成伟业初心铸，铁血荣光使命牵。
永葆青春听党话，千秋锦绣是河山。

"八一"忆战友兼和甘局长

芳洲

鹅城①泪别卅余载，记否影中②肩靠肩。

携手练兵挥热汗，凝心守土献华年。

柳营漫步虽时久，月下畅谈犹昨天。

人说长江长万里，不如战友谊无边。

注：①鹅城，惠州市别名。 ②影中，即集体照片中。
作者系北京新竟陵诗派成员。

含英咀华

甘海斌书（139 cm × 35 cm）

鸿运当头

赵伟画（139 cm × 40 cm）

文赋荟萃

论人生三阶段与"三不朽"

范恒山

人生是一次机会。到世间走一趟，人人都希望自己活得好一些，有一个辉煌而精彩的人生。但什么称得上辉煌的人生，怎样才能成就辉煌的人生，都需要有正确人生观、价值观的指引。

历史是最好的人生教科书。中华民族是历史悠久的伟大民族，在五千多年源远流长的文明发展进程中，创造了丰富多彩、博大精深的思想、理论、经验和方法。这种包罗万象、浩繁厚重的知识财富，为人所创造，又成为人们思考与遵循的基本参照。唐太宗李世民所言"以铜为镜，可以正衣冠；以史为镜，可以知兴替；以人为镜，可以明得失"，说的正是这个道理。从规划、创造并最终实现辉煌的人生中，我们能得到许多关键的认知和有益的指引。

一

对于大部分人来说，人生是以一定的职业为载体的。两千多年前，古人就以士、农、工、商等来划分社会职业。在今天，我们常将社会职业概括为三百六十行。事实上，由于科技革命和体制创新等的持续推动，产业形态不断生长、裂变和细分，社会职业已远超这个数量。但万变不离其宗，在总体上，还是可以把职业类型粗分为为官、从商、治学等几大类。所谓人生之成功或辉煌，常常是指人们在从事这些职业时所取得的成功或实现的辉煌。

做了大官、赚了大钱常常被视为人生成功或辉煌的标志。人们认为，当官赚钱带来的好处是直接的、显著的，所谓"一人当官、鸡犬升天"，所谓"有钱能使鬼推磨"。按理，做成了大学问也应在成功之列，但由于治学不一定能直接带给人荣华富贵、锦衣玉食，在世俗的眼光中并不占据重要位置，许多人对"金榜题名"者投以羡慕的目光，往往也是因为他们具有了升官发财的资格。作为职业选择，治学则是明显的冷门。

对此，历史给了我们什么样的启示呢？远在春秋时期，古贤人就深入讨论并回答了这个问题。据《左传·襄公二十四年》记载，鲁国大夫叔孙豹在与晋国名臣范宣子就何为"死而不朽"所做的对话中，认为"世禄"或荣华富贵并不能构成人的"不朽"。他认为，真正的不朽应当是立德、立功、立言，即"太上有立德、其次有立功、其次有立言，虽久不废，此之谓三不朽"。唐人孔颖达在《春秋左传正义》对"三立"做了诠释："立德谓创制垂法、博施济众"，"立功谓拯厄除难、功济于时"，"立言谓言得其要、理足可传"。简言之，它们分别指的是在弘道立德、建功立业和著书立说上做出的杰出成就。是否"不朽"，不由当事人自诩，也非他人对健在者的夸赞，而是后人对逝者的公正评价，是历史对一些人的"盖棺论定"。此后，不少忠良贤达提出了类似的思想观点，例如北宋张载的"为天地立心，为生民立命，为往圣继绝学，为万世开太平"；南宋文天祥的"人生自古谁无死，留取丹心照汗青"；明代王阳明的"人生第一等事"不在"登科获取功名"，而在读书"做圣贤"；清朝林则徐的"苟利国家生死以，岂因祸福避趋之"等。这些震古烁今的哲语箴言，简明而深刻地阐述了人生的意义，展现了一种忠于国家、服务社会、敬业向上的价值理念，是中华优秀传统文化的重要内容，成为中国历史上仁人志士的人生信条和毕生追求。

人生，从一般意义上讲，是指人的自然生命存在的全过程。但自然生命是有限的，对有限生命如何实现无限价值的超越性情怀，构成了历史上许多贤达之人对人生意义追求的重要方面。"三不朽"之论，进一步丰富和拓展了人生的含义。它表明，人的生前身后紧密相连，构成一个整体。人生不仅体现自然生命发展的过程，也体现为社会影响的存续时间，或者说，一个人的存在，并不止于生前，也体现在身后，只是存在的形式不同而已。

对此，我们能从传统文化关于"死亡"问题的认识中获得较为深刻的领悟。今天人们认为没有区别的"死亡"二字在古人看来却是有很大差异的。古人认为人皆有两命，一为生命即物质肉体之命，一为性命即心灵思想精神之命。"性"为"生"加心字旁，这一造字结构形象体现了古人的深意。"死"被看作肉体生命的终结，而"亡"则意味着思想和精神的湮灭。老子《道德经》言"死而不亡者寿"，死亡不是生命的终点，遗忘才是，即所谓"亡者忘也"。"亡心"了，或者"心亡"了，才是完全死去了。因此，人的寿命不在于肉体存活多久，而在于被世人记住时间的长短，那些对人类社会有立德、立功、立言贡献的人，虽然离开了人世，但却活在世人的心中，为后代所传颂和怀念，这些人虽死犹生，所以是长寿的。我们能看到，许多古贤人虽然已离世千百年，但在今天仍被热烈颂扬，其声名之盛大大超过了在世的名人。正如当代诗人臧克家描述的那样，"有的人活着，他已经死了；有的人死了，他还活着"。纵观历史，许多人忍辱负重、披肝沥胆，其志就在于以卓尔不凡的建树增益于社会，"赢得生前身后名"。

广义的人生实际上包括三个阶段：工作阶段、退休阶段和身后阶段。如果以自然之身为形，以精神之身为神，那么，对大多数人

文赋荟萃

来说，身后阶段是既无形更无神的。只有少数人，即使形已归去，"神"也依然长存。要实现"三不朽"，赢得生前身后之名，必须付出特殊的努力。而就三阶段而言，大体上是工作阶段决定退休阶段，而生前决定身后。这意味着，对很多人而言，承担某种职业的工作阶段对人生建树起着决定性作用。

二

那么，是否有一些特别有利于实现"三不朽"的职业呢？

自古至今，在各种职业中，最受追捧的还是做官。以官为本、以官为贵、以官为尊的"官本位"差不多成为所有朝代人生的主体价值观和最高追求。即便是那些如今备受世人景仰和推崇的思想文化先贤也大都是如此。

以我们熟知的一些唐宋大家为例。为了入朝为仕，他们百折不挠、执着应试，或者攀亲托熟、求助朋友。

李白，这位令千秋万代传颂的大诗人，为了入朝做官，他义无反顾告别亲友，离家求取功名。在《代寿山答孟少府移文书》中，他说"申管晏之谈，谋帝王之术，奋其智能，愿为辅弼，使寰区大定、海县清一"，鲜明地表达了想要成为管仲和晏婴那样的杰出宰相，有机会辅佐天子，使四海升平、百姓安乐的愿望。由于家庭的缘故，李白不能应常举和制举进入仕途，只能走引荐和献赋之路。开元二十二年（734年），初见荆州长史韩朝宗时，他热情地递上了《与韩荆州书》，以求得这位有识人举才之名又深受皇帝信任的朝廷重臣引荐。他将韩类比周公，借天下谈士"生不用封万户侯，但愿一识韩荆州"之言，表达自己"虽长不满七尺，而心雄万夫"的志向。同年，李白为唐玄宗献上《明堂赋》，以谋求官位。在朝廷内外朋友的帮助下，李白终于在天宝元年（742年）被召至长安，供奉翰林，当时可谓兴高采烈、踌躇满志。他在《南陵别儿童入京》中高呼"仰天大笑出门去，我辈岂是蓬蒿人"。唐玄宗对应召入宫的李白降辇步迎，"以七宝床赐食，御手调羹以饭之"。面对这样的特殊礼遇，李白当时的欣悦之情可想而知。

同样，杜甫在《奉赠韦左丞丈二十二韵》一诗中，抒发了平生的志向和抱负："致君尧舜上，再使风俗淳。"为此，他积极投考，向皇帝献赋、向贵人投赠，所能采取的办法差不多都尝试过了。虽多方努力，也只是谋得了左拾遗、检校工部员外郎等一些小官职，还因秉性耿直、仗义谏言而遭受贬谪。一代大诗人求官之路坎坷多舛，最终没能摆脱穷困潦倒、多灾多病的命运。

名列"唐宋八大家"之首的韩愈，从小刻苦读书以图仕宦。他曾四次参加进士考试，四次参加吏部博学宏词科考，锲而不舍，分别在第四次登进士第和通过铨选。韩愈还多次给当朝宰相上书，以求垂注举荐。经过不懈努力，最终如愿以偿。

即便是以"修道归隐"闻世的孟襄阳和以"眠花宿柳"著称的柳三变，也曾是积极的求官者。为走捷径，孟浩然积极运作渴求贵人向皇帝引荐。他曾求助过被贬到荆州做官的宰相张说，献诗《望洞庭湖赠张丞相》（一说是求助当朝宰相张九龄）。第一次赴长安科举不中后，他热络于在京城担任左拾遗的王维。只可惜，在偶然得来的谒见皇帝的机会中，一句不合时宜的"不才明主弃"惹怒了唐玄宗，也永远断送了自己求仕做官的前程。宋代词人柳永则积极求考，期待金榜题名。第一次参加科考后，自信"定然魁甲登高第"，结果却是榜上无名。而愤然之下写就的《鹤冲天·黄金榜上》之"才子词人，自是白衣卿相""忍把浮名，换了浅斟低唱"等牢骚之言，据说得罪了皇帝，此后参加的三次科考，在发榜时都被皇帝"且去填词"怒而划掉名字。柳永只得以"奉旨填词"，浪迹江湖去"浅斟低唱"了。

当时当世千军万马挤走求官"独木桥"的状况并不令人费解。客观地说，生活在尘世之中，绝大部分人很难摆脱柴米油盐的束缚，也很难抵御声色犬马的诱惑。而为官不仅提供了颐指气使的条件，也能直接带给人荣华富贵的生活。官职越高，这方面的效用就越显著。人们普遍把做官当作实现志向和梦想的最佳载体。我们看到，一些人不择手段、不惜代价，贪婪地攀爬官位，就是为了满足腰金衣紫、杖节把钺的私欲。但我们也看到，另外一些人，则是期望通过做官实现振兴社会、拯救苍生的理想抱负，塑造"三不朽"的人生。今天为人们所传颂的绝大部分历史名人当属于这样一类。

　　然而，几千年中华文明史所清晰展现的一个事实是，纯粹依赖官职名扬千秋、传颂万代的人可谓凤毛麟角。不要说一般层级的官员，即便是那些显赫的要员，包括执掌乾坤的帝王也很难做到英名不朽。自秦至清，中国诞生了四百多位皇帝，但为世人口口相传、熟记于心的不过是秦皇汉武、唐宗宋祖等极少数人。相反，实际生活中比较普遍的状况是，绝大部分官员的高光时刻只在工作阶段或在位期间，他们一旦致仕或退休就会变得销声匿迹、杳无音讯。令许多官员伤感而又不得不面对的严峻现实是，自己的显荣和失落只有一夜之隔：在位的昨天还是"门庭若市"、前呼后拥，退位的今天就落得"门可罗雀"、形孤影只了。这样的官员自然也就谈不到什么身后的社会影响了。

　　如同为官就拥有了优越的发展条件这种逻辑上的必然一样，绝大部分官员的显荣与失落之变也存在逻辑上的必然。听命于规制和沉迷于功利是官场生态的两个显著特点，前者不仅会抑制自我创新和勇于开拓，也会因习惯于上依下靠带来自主能力的持续下降，对于很大一部分官员来说，离开了原有体制系统的支撑就无法有效开展工作；后者则往往会使人境界低下，沉迷于当前利益的攫取和富贵生活的享乐，很难产生改天换地的大志与作为。我们看到，那些得以名标青史、流芳百世的官员，也恰恰是因为他们敢于挣脱官场规制和功利的束缚，不计得失、宠辱皆忘，以"先

盛世诗语

282

天下之忧而忧、后天下之乐而乐"的境界干出了有利于国家和人民的壮举。也正是因为如此，这样的官员在历史上显得格外稀少。

再从经商这种职业类型来看，诚然，纯粹的经商办企业，可以给人带来富足和享乐，但不一定能造就不朽，甚至由于中国传统上对商贾之人"重利轻义"的刻板印象，即使是成功的商人也不一定能明显提升自己的社会地位，"富而不贵"成为许多商人面对的现实。虽然对经商者来说，赚了大钱就意味着成功，但要铸就不朽，仅仅赚钱是不够的，更重要的是通过办企业开拓或成就相关事业，对国家发展和人民幸福作出重大的贡献。毛泽东主席曾讲过这样一段话：提起民族工业，在中国近代史上有四个人不能忘记，重工业不能忘记张之洞，轻工业不能忘记张謇，化学工业不能忘记范旭东，交通运输业不能忘记卢作孚。从中，我们能体会到企业及企业家与不朽或伟大间的逻辑联系。

然而以思想文章见长而名扬当时与后世的人物多如繁星，或者说，以治学立言而实现不朽的人为数众多。一些研究者把这种结果归因为"立言"相对容易。因为"立德"需要过众口难调之关、"立功"要蹈政治诡谲之险，所以文人们都以"立言"为第一要务而求不朽。但有趣的是，那些被后世铭记的文人几乎都未曾以治学立言作为人生职业的第一选择，自然也谈不上一开始就以"立言"为目标而追求不朽。历史表明，他们的"立言"紧紧伴随着求官逐仕或为官治政这一过程。

还以唐宋名家为例。他们的求官之途，大抵上表现为三种结果：第一种，官运亨通，做了大官，此以王维、范仲淹、王安石等为代表。王维官居尚书右丞，范仲淹任职参知政事，王安石则两度入相。第二种，宦海沉浮，仕途艰辛，颠沛流离，此以韩愈、刘禹锡、苏轼等为代表。韩愈曾任兵部侍郎、吏部侍郎、京兆尹兼御史大夫；刘禹锡担任过集贤殿学士、礼部郎中及苏州汝州同州刺史等职；苏轼后期也官至礼部尚书和正三品的翰林学士知制诰。第三种，求仕

文赋荟萃

283

受阻、命运坎坷，最终未能入仕或只做了较为低阶的官吏，此以孟浩然、李白、柳永等为代表。孟浩然求官不成，归隐鹿门；李白在皇宫里只干了两年多就被"赐金放还"，跌入谷底时留下了"安能摧眉折腰事权贵，使我不得开心颜"的愤懑；柳永最终受益于恩科，谋得了余杭县令之类的小官。但这些人无一例外都成为享誉后世的不朽之人，而成就他们的，是在报国之心、强国之志驱使下伴随求仕为官之途形成的卓越思想和光辉的文字！我们看到，无论官场境遇如何，他们都没有随波逐流、逆来顺受。他们或在治国理政中突破陈规、大胆变革，形成了契合时代节拍、推动社会前进的思想理念；或从追寻功名、浪迹江湖的经历中贴近生活，创出了为普通民众喜闻乐见的艺术形式；或在"党争""宫斗"等带来的大起大落、遍体鳞伤中实现大彻大悟，以心灵的解放带来思想的升华和文章的灿丽；或在亲近山水、拥抱自然中悟出了人生的真谛，以深邃洒脱垒起了诗词的巅峰。后世的人们记住了他们，并非因为他们是否担任过官职、担任了多大的官职，而是他们充满智慧与才华的思想和文章。"文章憎命达""诗以穷而后工"几乎成为立言者成就不朽之名的通则。这也在一定程度上印证了"国家不幸诗家幸，赋到沧桑句便工"的道理。

事实上，治学著文造就的不朽早已为古代有识之士所揭示。曹丕在《典论·论文》中对此作过精辟的论述："盖文章，经国之大业，不朽之盛事。年寿有时而尽，荣乐止乎其身，二者必至之常期，未若文章之无穷。是以古之作者，寄身于翰墨，见意于篇籍，不假良史之辞，不托飞驰之势，而声名自传于后。"既如此，那些思想、文章的创造者必然因之而"长寿"、而不朽。于是我们看到李白这样的诗句："屈平辞赋悬日月，楚王台榭空山丘。"我们也听到刘禹锡如此评价："人间声价是文章。"

的确，历史真切地显示，一切皆为过眼云烟，唯有思想文化永存，尤其那些推动社会进步和文化传承发展的文字会历久弥新、永放光彩。其实，在"三立"之中，"立言"不仅是基础，也是重要载体。没有立言，立德立功往往是无法展现与升华的。因为思想、文章等的永存，也就带来思想文章创造者的不朽。历史清晰地表明，能为普通大众所铭记传颂的，大多是依托治学而诞生的各类专家，其中包括思想家、哲学家、文学家、史学家，也包括各种类型的科学家。正是他们，成为有力推动社会历史发展进步的中坚。他们的人生，无疑是精彩与辉煌的人生。这样的群体所占比重越大，社会的活力就越强，也越能实现健康而可持续的发展。治学之职不为世俗追捧，不仅是因为它不如为官、从商那样"金碧辉煌"和"珠光宝气"，还因为它异常清苦、枯燥，并非普通人所能承受，乃至是因为它对人的综合素养和领悟能力都有很高的要求，很多人难以跨越其门槛，更遑论登堂入室成一家之言了。但恰恰是这种职业，产生了最多为普通老百姓所传颂的不朽人物。这一事实，应该成为今天我们自主选择职业乃至整个人生发展之路的重要指导。

三

"三立"不易，并非等闲之辈可以做到，但并不意味"三立"只是特定人群或少数人的专利。只要努力，普通人都可以走出自己的成功之路。对此，不少古贤人都有论述。孟子认为"万物皆备于我""人皆可以为尧舜"，陆九渊强调"天所以与我者，与圣人未尝不同"，王阳明也有"满街都是圣人"之言。"三立"的本质是做有益于社会发展的事情，为促进民族进步、国家繁荣贡献力量。正所谓"位卑未敢忘忧国""天下兴亡，匹夫有责"。实现"三立"并不一定都要有治国理政、纵横捭阖的大舞台，也不一定都要有"运筹帷幄之中、决胜千里之外"的大气派，专注于做好一件事，也会因其意义重大而名垂史册。古有司马迁忍辱"苟活"，历时十多年著成《史记》，为社会贡献"史家之绝唱，无韵之离骚"，今有袁隆平倾其一生脚踏农田研究发展杂交水稻，让天下苍生吃饱饭，他们都深为人民群众所怀念，就是生动而有力的证明。在中国历史上，以一件事而立传的例子并不少见，以田父和布衣之身而铸就不朽的也大有人在。

人生只有一次，人生之机会靠自己把握。以史为鉴，人生的要义不在"荣华富贵长年出，重重锦上花添色"，而应是"不要人夸好颜色，只留清气满乾坤"。如何把握好机会、创造辉煌的人生，似乎可以从"三不朽"等思想文化理念及其历史实践中获得如下一些重要的启示：

要有崇高的境界，不为世俗所缚。古人言"穷且益坚、不坠青云之志"，"人生不得行胸怀，虽寿百岁，犹为夭也"，这些话都警示我们，要树立心系天下的精神境界。人生最大的成功不是获取高官厚禄、享受荣华富贵，而是作出了特殊的贡献，能为社会、为后人所铭记。要有为国家为人民服务的社会责任感，不能急功近利、鼠目寸光。志向高远就会开拓进取，心无旁骛才能脚踏实地。

要有坚实的目标，不能随波逐流。目标是前进的方向和动力，人的奋斗精神和创新活力需要目标牵引与激发。但路须一步一步往前走，应契合时代节拍、克服薄弱环节，务实地确立阶段性奋斗目标。要咬定目标不放松，以"敌军围困万千重、我自岿然不动"的定力和"不管风吹浪打、胜似闲庭信步"的气魄，排除万难、执着前行，用一个一个闪光的里程碑，一步一步地贴近并实现人生发展的大目标。

要有超凡的本领，不搞哗众取宠。立功立德立言虽不是某些职业的专利，但却只能靠真才实学、真抓实干取得，来不得半点虚伪和矫造。优良的素质是立身行道之本，也是创新变革之器。要创造不朽的事业，除了需要务实坚定的人生志向、高尚优良的道德情操、百折不挠的奋斗精神之外，还要有扎实渊博的知识水平，科学精湛的探索技巧。正如马克思所说，"在科学上没有平坦的

盛世诗语

大道，只有不畏劳苦沿着陡峭山路攀登的人，才有希望到达光辉的顶点"。知海无边、学无止境，要抓住时机，广纳博采，全方位锻造过硬素质。

要有独行的勇气，不怕艰难曲折。成大事之人，必有其过人之处，而特立独行是成功的重要品质。要耐得住寂寞，敢于坐冷板凳，没有"十年寒窗无人问"，焉能"一举成名天下知"？要经得起磨炼，沉浮不乱、宠辱不惊，能够在探索中不断坚定意志，在挫折里持续实现升华。还要勇于开拓，不惧困难，"虽千万人吾往矣"；所向披靡，不怕牺牲，"虽九死其犹未悔"。

要有务实的精神，不做表面功夫。"大人不华、君子务实"，"知之而不行，虽敦必困"。没有脚踏实地的努力，就不会有日新月异的进步，更不会有光明灿烂的前途。欲戴王冠，必承其重。要缜密制订工作计划，不让目标驰于空想；要坚持从小事做起，以坚实的一砖一石垒起巍峨的高楼大厦。

要有紧张的节奏，不图舒适安逸。有了第一阶段的成功，才会有第二阶段的重光，也才能有第三阶段的显扬。人生之工作阶段似长却短，稍纵即逝。"逝者如斯夫，不舍昼夜""一万年太久，只争朝夕"，不要为自己的任何懈怠找理由，不要使"及时行乐"成为生命的主色调，不要让无所事事恣意肆虐美好的时光。要增强紧迫感，牢牢抓住第一阶段，从现在做起，从当前的事情做起，切实以"人一之我十之、人十之我百之"的努力，去争取百分之一的机会，赢得百分之百的成功。

李贺诗三首评析

徐国宝

作者简介

徐国宝　男，1953 年 1 月出生，安徽省滁州市人，文学博士，中共党员，全国人大教科文卫委员会文化室原副主任、巡视员。现兼任中国文化管理协会副主席、国家现代智库中心研究员。北京新竟陵诗派成员。

弁言：壬寅春节前夕，我应好友范恒山（著名经济学家、诗人，国家发展改革委原副秘书长）之邀，参加《竟陵新韵》新书首发式，遂有幸结识傅东渔、甘海斌、赵发洪等诸位诗友。当时获赠新书，先睹为快，看到"思无邪"传之有人，"诗言志"于斯为盛，不禁为之怦然心动。我一向好读诗，但不擅写诗。值此诗社征稿之际，只好翻检三十多年前旧稿，取出《李贺诗三首评析》增补删削一过，聊补无米之炊。我一直认为，无论是从内容的幽深孤峭，还是从形式的雕章琢句来说，李贺都是晚明竟陵派的不祧之祖。此处选析的三首虽非李贺的代表作，但其题材范围涉及长江中下游，其艺术风格亦涵摄

"长吉体"的诸多元素，可与竟陵派的理论和诗作相互参照。今天的诗歌创作需要从传统诗歌中汲取精华，也需要超越传统，大胆创新。讴歌人民，讴歌时代，是当代中国诗歌之使命，愿与诸君共勉之。谨赘数语，以志缘起。

巫山高

碧丛丛，高插天，大江翻澜神曳烟。楚魂寻梦风飔然，晓风飞雨生苔钱。瑶姬一去一千年，丁香筇竹啼老猿。古祠近月蟾桂寒，椒花坠红湿云间。

汉乐府"鼓吹曲辞"之"铙歌十八曲"中有一首《巫山高》，但诗中并未实写巫山，只是即物起兴，借山写水，以巫山之高反衬淮水之深，突出游子无桥渡河、思归心切的情景。唐吴兢《乐府古题要解》云："其词大略言江淮水深，无梁可渡，临水远望，思归而已。"

李贺所写的这首《巫山高》虽然用的是乐府旧题，但却因题及义，名实相符，不仅实实在在写的是巫山，而且确确乎乎是写巫山的高。全诗画面呈现冷色调，取象奇特，幽深飘渺，读之森森然如临其境，栩栩然如触其物，其间寄寓了作者吊古伤今之情。

通过写实与神话相互映射来表现巫山之景，是本诗的主要手法。"碧丛丛，高插天，大江翻澜神曳烟。"我们看到诗中展现的画面：长江两岸，一丛丛青碧的山峰插入云霄，山下的大江在翻腾着巨澜。山水之间，云烟缭绕，似乎是巫山神女翩跹而来。在巫山十二峰中，"惟神女峰最为纤丽奇峭，宜为仙真所托"（陆游《入蜀记》）。"神曳烟"三字由实境进入神话，下面紧接着便写道："楚魂寻梦风飔然，晓风飞雨生苔钱。瑶姬一去一千年，丁香筇竹啼老猿。""楚魂寻梦"用宋玉《神女赋》之典："楚襄王与宋玉游于云梦之浦，使玉赋高唐之事。其夜，王寝，果梦与神女遇。"在李贺的笔下，楚襄王的魂魄来到巫山追寻旧梦，然而瑶姬（即巫山神女）离开这里已有千年之久，哪里还见踪影呢？只见"晓风飞雨"，打在满山的青苔上。又听见丁香、筇竹之间，时时传来"老猿"的长啼。"老猿"暗示时间的久远：它们经历千年之久的赓续迭代，少复变老，也许正为瑶姬的离去而悲伤呢。"楚魂""瑶姬"二句是神话，"晓风""丁香"二句是写实。这四句采用了虚实相生、真幻交错的手法，类似科幻作品中的时空穿越。"古祠近月蟾桂寒，椒花坠红湿云间"，结尾这两句极言巫山之高，与开篇相互应和。你看，巫山之上的神女祠耸入云端，一片寂寂凄寒的景象；被雨水打过的红色的椒花从山峰上纷纷坠落，像是把云彩也沾湿了。总起来看，全诗真中有幻，幻中有真，给人以迷离恍惚之感。

幽冷孤寂的艺术氛围，是这首诗的另一特点。"高插天"便有孤高之感，"大江"句更为飘渺幽旷。"楚魂寻梦风飔然"，使人感到皮上栗栗，寒气森森，为全诗最幽冷之处。"晓风""丁香"二句，如引人至荒郊野岭，一片清冷之气。"古祠""椒花"两句也是荒寒之象：祠是"古祠"，月是"寒"月，花是落花，云是"湿云"。巫山的形象经过作者的变异处理，已不复是寻常的、现实的巫山，它被涂上凄冷伤逝的色调，成为作者思想感情的外化物。何为"鬼才"？这里又一次得到了有力的印证。

兼收并蓄汉乐府与楚辞的艺术养料而自铸新词，是本诗第三个特点。如前所述，《巫山高》本来是乐府旧题，李贺在内容和形式上都改造了它。诗中有些地方采用乐府的写法，其句式、语气等都带着乐府的胎记。同时，本诗意象奇谲，辞藻华丽，又或多或少受到楚辞的沾溉。晚唐诗人杜牧称之为"骚之苗裔"（《李长吉歌诗叙》）。但这首《巫山高》没有采用楚辞一咏三叹、直抒胸臆的表达方式，而是寓情于景，寓意于境，在表现手法上更为含蓄委婉，曲折旁通。

总观全诗，以巫山之高起，以巫山之高结。开首二句总写巫山群峰壁立江天的气势，概言其高；中间四句围绕巫山神女峰，半神话半写实地描绘其凄寒荒寂的景象；最后两句以神女峰之高寒湿冷收笔，尤其突出一个"高"字。全诗的意味和格调浑然一体。

蜀国弦

枫香晚花静，锦水南山影。惊石坠猿哀，竹云愁半岭。凉月生秋浦，玉沙粼粼光。谁家红泪客，不忍过瞿塘？

《蜀国弦》与《蜀道难》都是古乐府旧题，属"相和歌辞"中的"瑟调曲"。唐吴兢《乐府古题要解》说："《蜀道难》备言铜梁、玉磊之阻，与《蜀国弦》颇同。"南朝以来拟写《蜀国弦》《蜀道难》这两个乐府旧题的代有其人，其中梁简文帝萧纲既写过《蜀道难》，也写过《蜀国弦》。在流传下来的篇什中，《蜀道难》以李白所作为佳，《蜀国弦》则以李贺这一首在艺术上更为成熟。

关于这首诗的作意，清人姚文燮《昌谷集注》认为与中唐贤相陆贽遭谗贬蜀有关："即蜀弦之哀，想蜀道之难，为迁客伤也。"今人钱仲联则云："此诗是伤王伾、王叔文贬蜀身死之作。"（《李贺年谱会笺》）若于二说择一，姑取前说。根据李贺的生平遭际和思想倾向，《蜀国弦》可能是有所指而发。但笔者认为，一者由于年代久远，难以确考，二者因李贺作品本身曲折隐晦，不易了了，与其每一首诗都坐实其所指，不如稍微理解得宽泛一些为好。

《蜀国弦》前四句为一韵，重点写山；后四句为一韵，重点写水。先看前四句。"枫香晚花静，锦水南山影。"开头两句描写秋天傍晚蜀中山水美景，眼前的主要景物是南山及其在锦江的倒影。"枫香"，据郭璞《尔雅注》，枫树"叶圆而歧，有脂而香"。"锦水"，即锦江，据《太平寰宇记》，在此濯锦，"锦彩鲜润于他江，故曰濯锦江"。只见南山上枫叶如丹，似可闻到脂香飘溢；一丛丛山花在黄昏里显得格外安静。"惊石坠猿哀，竹云愁半岭。""惊石"谓山上危石令人心惊。"坠猿哀"的"坠"字下得极妙，猿猴的哀鸣本无体积、重量，唯耳听可闻，但在此处变成可"坠"之物从高空落下，山之峻、石之危于此可见，实际上是把石欲坠跳转为声之坠。"竹云愁半岭"系化用唐太宗"云凝愁半岭"诗句，与"惊石"句相对，均写蜀道之艰难，令人望之生"哀"，行之生"愁"。"竹云"谓山间野竹丛生，烟云缭绕，以衬山之高峻；同时以拟人化的手法借猿之哀、云之愁来表现行人的哀情愁绪。

再看后四句。"凉月生秋浦，玉沙粼粼光。"这是写水。月本无凉热，因时当晚秋，望月而生凉意，便移情于月，似乎月也凉了；"玉沙"状水底之沙洁白如玉，同时反衬月光之皎洁。此处的画面是：一轮明月从江边升起，它的清辉与晚秋的凉意一起倾泻到江边浅水中洁白的沙石上，只见波光粼粼，沙石如玉，很容易使人联想到精神高洁的君子。姚文燮云："枫香，美丹心也；南山，喻孤高也。""月色沙光，可方皎洁。"姚氏之意，从开头到此处的景物描写，都是在暗喻陆贽的崇高品节。"谁家红泪客，不忍过瞿塘？"最后两句由景及人，写伤别之情，同时带出瞿塘峡这一情中之景。"红泪客"典出《拾遗记》："薛灵芸闻别父母，歔欷累日，泪下沾衣。至升车就路之时，以玉唾壶承泪，壶则红色。既发常山，及至京师，壶中泪凝如血。"此典本就夸张浪漫，"不忍过瞿塘"一句又加重了原典的感情分量。瞿塘峡为长江三峡之首，系出入蜀地的门户，山险水恶，难行之至，闻名天下的夔门即在此处，古有滟滪堆扼其咽喉。过滟滪堆往往凶多吉少，行经此处，生离往往变成死别。前人笔下的《蜀国弦》《蜀道难》多写入蜀道路的艰险，李贺则另辟蹊径，反从不忍离蜀立意，由此亦可窥见其艺术个性于一斑。

有些论者认为，此诗写的是名为《蜀国弦》的古琴曲，全诗山水景物的描写及末二句不忍离蜀的悲哀之情都是这一首古琴曲所引生的意象。宋人刘辰翁、清人姚文燮等均持此论。如姚文燮云："忠良被逐,琴声倍觉凄清""人各有情,闻之自为心恻,又堪忍过此耶!"。在李贺诗歌里也可找到内证,如《听颖师弹琴》"蜀国弦中双凤语"、《牡丹种曲》"拂袖风吹蜀国弦",都是以《蜀国弦》为古琴曲。如果从这个角度看,李贺《蜀国弦》一诗的艺术表现手法是非常高超的。全诗通过视觉中的景物变换来描写古琴曲演奏时带给人的音乐感受。末二句亦未直接写"红泪客"的悲泣之声,而是以"红泪客""不忍过瞿塘"的行为带给人的视觉、听觉和联想来表现琴声,可谓"不着一字,尽得风流"。

江南弄

江中绿雾起凉波,天上叠巘红嵯峨。水风浦云生老竹,渚暝蒲帆如一幅。鲈鱼千头酒百斛,酒中倒卧南山绿。吴歈越吟未终曲,江上团团贴寒玉。

《江南弄》系乐府旧题,属乐府"清商曲辞",据传是梁武帝萧衍所创。《古今乐录》载:"梁天监十一年,武帝改'西曲',制《江南上云乐》十四曲,《江南弄》七曲。""西曲"是流行于长江中游及汉水流域的民间乐曲,梁武帝将其改造为宫廷音乐,内容和形式均有变化。沈约紧随武帝之后,以《江南弄》为题连续写了四首曲子,分别为:"赵瑟曲""秦筝曲""阳春曲""朝云曲"。唐代王勃、芮挺章、李贺及后来的作者陆续采用这一乐府旧题写作,但亦非陈陈相因,而是各有特点,连句式也有五言、七言、杂言之别。笔者认为,此曲在流传改造过程中很可能吸收了长江下游流传的"吴歌"等江南曲调元素,乐府旧题中"江南"二字及李贺诗中"吴歈越吟"等语均可佐证。唐吴兢《乐府古题要解》云:"江南行、江南曲、江南弄,一也。"有人甚至将此体(主要是杂言体)看成词的起源,如明人杨慎云:"此词绝妙。填词起于唐人,而六朝已滥觞矣。"(《词

品》卷一）

据上所考，基本上可以判定，李贺这首《江南弄》，是描写其在江南的亲身游历。朱自清认为："李贺集中咏江南风土者颇多，其中固有用乐府旧题者，然读其诗，若非曾经身历，当不能如彼之亲切眷念。"他推测：李贺入京前曾往依其在和州的十四兄，"故得饱领江南风色也"（《李贺年谱》）。据钱仲联《李贺年谱会笺》，李贺于元和二年（807年）似有东南之行，往返经和州、江宁、嘉兴、钱塘、会稽、翁州等地。但也有人认为李贺南游是在离京之后，可能于元和十年（815年）春南下和州，随后又往吴兴、甬东、金陵、嘉兴等地，探访其江南好友皇甫湜、沈亚之、陈商等人。

《江南弄》全诗展现了一幅江南秋色的美丽画卷，随着傍晚、日暮、人定的时间变化，江边景色也不断变化。"江中绿雾起凉波，天上叠巘红嵯峨。"首二句描写江面的绿波上弥漫着一片片薄薄的雾霭，天上层层重叠的红霞就像嵯峨的山峰一样。这里着色秾艳，想象奇丽。诗人尤重感官印象的描写，比如，雾本来是白色的，但因是薄雾，且因江水之绿，使得人们感觉雾也变绿了。由"绿雾"可知江水之清澈、深湛，如此江水泛起之波浪也使人感到是"凉波"。再看天上，层层晚霞犹如重叠、嵯峨的山峰。"红嵯峨"三字下得极妙，使晚霞的形状、色彩具有群峰的质感。李贺在《昌谷诗》中有"霞巘殷嵯峨"之句，说明他在江南游历中产生的这一意象酝酿已久。

"水风浦云生老竹，渚暝蒲帆如一幅。"这两句仍然运用一时的感官印象——错觉来加以表现。风从远方来，吹过水面，即为"水风"；云自天边起，临眺远浦，便似"浦云"。这是一层错觉。"生老竹"者，又一层错觉也：江边竹林经年而老，在暮色中郁郁苍苍，"水风"和"浦云"似乎从中缓缓生出，这是诗人江边远望时的感觉。于是便有下一句"蒲帆如一幅"之错觉。"蒲帆"，用蒲草编织成的帆。据《国史补》："舟船之盛，尽于江西，编蒲为帆，大者为数十幅。"一者由于"渚暝"，江洲已在暮霭之中；二者由于远眺，景物更为模糊朦胧。所以，数十幅蒲帆，看去就如一幅。

"鲈鱼千头酒百斛，酒中倒卧南山绿。"鲈鱼乃江南时鲜，历来为世所珍。《晋书·张翰传》："秋风起，思吴中菰菜、莼菜、鲈鱼脍。""酒百斛"，古以十斗为一斛。《世说新语·任诞》谓庾冰"为起大舍，市奴婢，使门内有百斛酒终其身"。食鱼乃至千头，饮酒乃至百斛，真是痛快淋漓之至。"酒中倒卧南山绿"，写酒至半酣，倒地而卧，悠然见南山，饮者放达不羁、畅然忘情之状跃然纸上。明人徐渭、清人姚文燮认为"酒中倒卧南山绿"是指绿色的山影映入杯中，此解亦可通，但其韵味、情致均不及前解。"鲈鱼""酒中"二句描写由饮而醉、由醉而卧、由卧而见南山的过程。绿色的江雾、绿色的南山，加上鲈鱼美酒，此中人流连忘返，颇有魏晋名士风度。

"吴歈越吟未终曲，江上团团贴寒玉。""吴歈越吟"指吴越间的歌吟。左思《吴都赋》有"荆艳楚舞，吴歈越吟"之句。"寒玉"，前人诗词多用之，大都形容水、月、竹等，此处指月亮。二句意谓，吴侬软语的清歌艳曲尚未唱完，一轮圆月已从江面上升起，江中月影犹如一块圆润光洁的寒玉贴在水面上。全诗至此戛然而止，留下"未终曲"的余音袅袅和"贴寒玉"的画外想象。

全诗正面描写江南风物之美和游子忘归之意。前四句写景，后四句写景中之人。虽然有鲈鱼千头、佳酿百斛、吴歈越吟之热闹，但更有"起凉波""贴寒玉""未终曲"之清冷，以及"酒中倒卧"之忘怀一切。首句"凉波"，末句"寒玉"，前后相互映照。其中有多少弦外之音、言外之意？由此可以体会李贺诗歌特有的"羚羊挂角，无迹可求"的艺术境界。

中华文明赋①

雷仲篪

嗟乎！人类有史以降兮，有诸多古老文明，然能穿越历史隧道，绵延五千年而不辍者，唯吾中华文明。黄河长江，巨龙孕育炎黄；龙脉永昌，文明泽被古邦。天佑中华，中华生命力强；地护汉唐，汉唐万世流芳！旷古洪荒，三皇五帝夏商周；春秋战国，百家争鸣数风流。先秦西东两汉三国立；魏晋南北两朝隋统一。唐五代、宋辽金、元明清；蒋王朝，新中国，到如今。九万里山河兮，壮丽如诗如画；五千年文明兮，丰富精深博大。

四大发明，中华文明开篇；世之文明，炎黄智慧领先。定向神器，揭开地磁奥秘；火药神武，能量化学之母。科技奇葩，造纸活字印刷；诗书万卷，告别竹简刻版。《黄帝内经》，开山鼻祖灸针；脉学创导，扁鹊起死回生。《伤寒论》兮，大医圣张仲景；急症预医，葛洪先驱著称。全身麻醉，华陀首创奇迹；麻沸散兮，开颅断肠洗涤。《千金要方》，孙思邈唐药王；《本草纲目》，多种外文译著。地动仪、《新仪象法要》、《梦溪笔谈》、复矩图仪、《九章算术》……难以尽数，世之第一。

学派纷呈，百家争鸣；思想解放，文化盛况。老庄之道；孔孟之道。墨家、法家；诸子百家。文化精华：五经四书和《孙膑兵法》《吕氏春秋》《永乐大典》《四库全书》。中华文学，世之文学宝珠：《诗经》、楚辞、乐府、汉赋；唐诗、宋词、元曲、明清楹联千万副。文学丰碑举世殊，佳作精品计无数。小说四大名著，"大圣悟空"世之"名角"；"红楼一梦"已成"红学"。书画国粹，藏家沉醉；精品文物，视若宝贝！

大汉张骞，含辛茹苦，智慧通使西域，开创陆上"丝绸之路"，连通亚欧非三大陆；大明郑和，浩然七下西洋，拓出海上"丝绸之路"，跨越"太印大"三大洋。造船航海，外交外贸，大显风流，为国争光！航天回眸地球星，唯见三项人造工程：埃及金字塔；中国大运河；万里兮长城！

中华民族，礼乐之邦；盛世繁昌，孪生成双。《史记》称兮，黄帝抚琴，伶伦制笛，十二律分，举世第一。《诗经》风诗，"窈窕淑女，琴瑟友之""伯氏吹埙，仲氏吹篪"。殷商青铜鼎觥；西周青铜编钟！逸秀清亮隽永，回声悠悠穿越："春秋三千，久远时空"。亿万炎黄子孙，心底凝成壮语："中华文明，气象恢宏"！

中华综合国力，古至康乾之际，稳居世之第一，清末衰败至极。细虑反思慢省，五千年之文明，衰败何以衰败？中兴何以中兴？三铁律切记清！

铁律之一兮：行仁政，民贵君轻，得道多助，长治久安天下称；施暴政，苛猛如虎，失道寡助，民变四起江山倾！前如尧舜，西周成康之治，西汉文景之治，大唐贞观之治；后如暴秦，首创"焚书坑儒"，只为帝业久盛，反教卿卿短命！

铁律之二兮：相互学习，文化交流合璧；取长补短，永立不败之地。违者大清，保守腐败庸昏；闭关自守，排斥"改良维新"；拒绝科技，积贫积弱待毙——万里江山，沦为半殖民地！

铁律之三兮：团结统一，民富国强；割据混战，分裂灭亡！违者，先有西晋，成"五胡十六国"；后有大唐，变"五代十国"；再者，灾难近代，军阀混战，国力衰败。民族危亡，永世不忘！

星移斗转五千秋，以史为鉴常回眸。继往开来砥砺行，引领时代立潮头！

治国有方，改革开放。科学发展，绿色启航。以人为本，民生兴旺。精准脱贫，齐奔小康。强国强军，固若金汤。互利共赢，和平久长。四海共体，协和万邦。共筑国梦，再续荣光。伟大复兴，重写华章。巨龙腾飞，盛世宏昌。中华文明，万世流芳！

注：①此篇乃俳赋，全文七部分，1353字。第一部分是序，总括中华文明；第二部分写中国科技（含医学）发明创造；第三部分写中华思想文化盛况；第四部分写外交、外贸、丝绸之路、航海等方面成就；第五部分写国之兴衰三大铁律；第六部分写礼乐之邦，盛世繁昌；第七部分写当今中国伟大复兴，共筑国梦，中华文明，万世流芳（带结尾）。

双嬉图

甘海斌画（60 cm × 45 cm）

简议"赋"的概念、种类与写作

雷仲篪

引子

赋是一种综合性文学式样，它借鉴了《楚辞》和战国纵横之文的形式以及铺张恣肆的文风，又吸取了先秦史传文学的叙事手法，同时还将诗歌的体式融入其中。它拥有巨大的容量和极强的表现能力。在中国古代的文学殿堂中占有不可动摇的正统地位。不仅文人学士对赋尊崇有加、趋之若鹜，而且历代帝王也大都予以鼓励和提倡，甚至亲躬其道，这种现象与赋在中国古代社会所发生的多方面重要作用是分不开的。(摘自谢佩媛等主编的《赋》，北京出版社2004年出版，205页)

一、赋的概念与种类

（一）赋的概念及其与相关文体的异同

1.赋的概念

"赋"字者多义也，一曰"税敛之名"，如"田赋"；二曰"作"，如"赋诗"；三曰"授、给予"，如"天赋"；四曰"颁行、陈述"，如"赋政"，亦即"为王喉舌，出而宣诵王命，入而陈下情"；五曰"宣诵"，如"瞍（sǒu音叟，盲人）赋蒙诵""不歌而诵谓之赋"；六曰"通敷，铺陈、描述"，如"铺采摛（chī音痴，散布、舒展）文，体物写志也"。

作为文体，辞典释之曰："赋"古文体名，是韵文与散文之综合体。笔者试着对作为文体的"赋"这一概念给出定义："赋"是指创始而形成于先秦,成熟而盛行于两汉,创新与提高于魏晋南北朝,发展延续于唐宋元明清的,亦诗亦文即介于韵文与散文之间的一种独立的文学体裁。其标志性特征有:脱离音乐,走出了歌词的樊篱,不歌而诵,韵散相间、讲究骈(pián读"便宜"中"便"音,并列、对偶)偶对仗、追求藻饰用典、强调铺陈、重视层次、体物浏亮、惯用设辞问答与以四、六句式为主。赋可分作古赋、俳赋(又称骈赋)、律赋、文赋、俗赋。之所以有赋,正如清人刘熙在他的《艺概·赋概》中指出的:"赋起于情事杂沓,诗不能驭,故为赋铺陈之。斯于千态万状,层见迭出者。吐无不畅,畅无不竭。"

2. 赋与相关文体的异同

一是"楚辞"与"赋"之异同。

两者之同:"楚辞"与"赋"皆"脱离音乐,走出了歌词的樊篱,不歌而诵"。这也是"楚辞"与《诗经》与"乐府"等诗歌的不同之处。两者之异:"楚辞"是"诗",全文押韵,中间不夹带"散文";"赋"则"非诗非文、亦诗亦文、韵散相间"。所有中国诗歌史之版本,无一不把楚辞纳入诗歌,楚辞是继《诗经》之后中国第二大诗歌类别。《诗经》开创了中国文学的现实主义传统,而楚辞则开创了中国文学的浪漫主义之先河,都给后世文学以深远影响。在中国文学史上,《诗经》与楚辞并称为"风骚"。《离骚》是楚辞的开山之作,373行2490字,全篇押韵,且皆由作者第一人称直接抒情言志状物议事。相反,所有版本的中国诗歌史无一把"赋"纳入诗歌。所有的"赋",其"序"、叙事、议论、引启、转折与归结一般用"散文",正文也皆"韵散相间"。且"赋"的"设辞问答""虚拟人物及其对话"用第三人称行文,这近似于现代之"小小说",这在楚辞及其他诗歌中是绝对没有的。

二是"抒情诗"与"抒情小赋"之异同。

两者之同:"抒情小赋"不采用问答体,且多为通篇押韵,例如,东汉张衡的小赋《归田赋》(211字)与朱穆的小赋《郁金赋》

（186字），皆全篇押韵，形似抒情小诗。应指出，"抒情小赋"含：抒情汉小赋、骈赋与律赋。"抒情骈赋"也有明显"韵散相间"的，例如，曹植的骈赋《洛神赋》前有42字的散文序、鲍照的骈赋《芜城赋》前有154字的散文序。两者之异："抒情诗"追求丰富的想象、强烈的情感、鲜明的节奏，含蓄简练，意在言外，句式整齐，忌重复、堆砌与拖沓，直抒胸臆（第一人称）与宜于歌咏，此乃"诗味"。"抒情小赋"句式较自由，讲究骈偶对仗，追求藻饰用典，强调铺陈，连章累句，吐无不畅，畅无不竭。"情事杂沓，诗不能驭""不歌而诵"，此乃"赋味"。所以，"抒情小赋"虽通篇押韵，仍是"赋"不是"诗"。这是历史形成的惯例。

三是"骈文""记""骈赋"三者之异同。

"骈文"与"骈赋"两者之同："骈文"全文与"骈赋"的正文（不含散文部分）皆追求"骈偶，大量使用排比对、联珠对，字句工整对仗、妍巧骈俪"。两者之异："骈文"是文，全文不押韵，如"骈文"的代表作、名篇《滕王阁序》（王勃）987字，皆不押韵；"骈赋"则"非诗非文、亦诗亦文、韵散相间"，其中夹有"韵文"，抒情骈赋尚有全篇押韵的。

"记"是指大约起于六朝的一种散文体裁，可叙事、状物、写景，抒发情志。"记"与"骈文"两者之同：皆为散文，皆不押韵，例如"记"之名篇《桃花源记》（陶渊明）320字，皆不押韵。两者之异："骈文"追求而"记"不追求"骈偶和大量使用排比对"。"记"与"骈赋"之同：无。"记"与"骈赋"之异：显然同"'骈文'与'骈赋'之异"。

四是"律诗"与"律赋"之异同。

两者之同："律诗"与"律赋"皆讲究平仄声律。两者之异："律诗"篇有定句，句有定言。"律诗"有固定的声律句式与篇式，按"既定模式"填写，相同篇式如"平起首句入韵式"，从古至今数以百万计的作品逐句逐字平仄相同，可谓"千篇一律"。"律赋"

文赋荟萃

反之，篇无定句，句无定言。因此没有两首句式组合、句数、字数完全相同的律赋，因此律赋的平仄没有"既定模式"，由作者自定：对仗骈偶前后两句，平仄大体相对（相反），可谓"一篇一律"，这比律诗按"既定模式"逐字"填写"容易多了。由此"律诗"与"律赋"的区分，一目了然。应指出，试帖律赋与抒情律赋多为全篇押韵的，例如唐王起的试帖律赋《五色露赋》（249字）以"率土康乐之"为韵、唐王勃的抒情赋《寒梧栖凤赋》（214字）以"孤清夜月"为韵与唐徐寅的抒情赋《过骊山赋》（404字）等皆属之。全篇押韵的抒情律赋也有设辞问答以第三人称行文的，例如唐徐寅的抒情赋《寒赋》（325字）是也。

总而言之，诗有"诗味"，赋有"赋味"，不可合之，不可混淆。

（二）赋的种类

1.古赋

古赋主要是指两汉的赋。楚辞是由诗到辞、由辞到赋的中转过渡文体。也可以说赋源于楚辞。宋玉赋与荀卿（名况后人尊称荀子）赋是赋体之祖，梅乘赋是散体赋之奠基。古赋相对于其后的律赋，又被人们称作古体赋。这类似古体诗与近体诗（即律诗）之区别一样。其区别皆在于讲究平仄声律与否。汉代是赋体最为盛行的时代，当五言诗正式登上文坛以前，赋几乎占据了文人创作的全部体式。

古赋又分大赋与小赋，大赋也称汉大赋。大赋中骚体先于散赋。骚体是指极力模仿楚辞的赋作(不含模仿楚辞的诗作)，如贾谊的《吊屈原赋》、司马相如的《长门赋》。汉大赋是应朝廷所好，夸耀帝国，歌功颂德，其题材主要是描写京都、宫殿、山川、游猎等宏大场面。

散赋奠基者是司马相如，其代表作是《子虚赋》与《上林赋》。班固的《两都赋》、张衡的《二京赋》也是散赋代表。汉大赋多为描写天子、诸侯游猎盛况，颂扬汉天子的荣耀和尊严。汉大赋的特色是壮伟古雅、堆砌华丽辞藻、夸张粉饰、大量排比、面面俱到、层层铺垫、穷形尽相、反复敷陈、气势雄浑、体制宏大等。

盛世诗语

汉大赋这类作品已失文学自然情趣，只能算是取好天子权贵们的文字游戏。但应肯定，这些赋家对丰富文学语言、意象意境与描写技巧，还是功不可没的。

小赋则是极具个人色彩、反映社会黑暗、讥讽时弊、抒情言志咏物，语言流畅自然、体制短小或曰小品化。咏物抒怀的，如朱穆的《郁金赋》；抒情言志的，如张衡的《归田赋》；揭露抨击社会黑暗、抒发志士之悲的，如蔡邕的《述行赋》和赵壹的《刺世疾邪赋》《穷鸟赋》等，皆是小赋的代表作。

从章法结构上看，大赋一般用设辞问答、韵散间出结构。小赋则不采用问答体，且多为通篇押韵之韵文，形似抒情小诗。"首"即序或引子与"尾"一般用散文，正文用韵文。以"韵散相间"的句式各司其职，整齐句式的韵语，主要用于描写形容，体现赋铺陈特色的主体；散句多用于叙事议论，在作品中起引启、转折与归结等作用，构成联系各部分的黏合剂，从而联成赋整篇之框架。在句式上，以四、六言为主，杂以三、五、七、九等更长的句式。用韵较自由宽松，疏密无定式，可换韵。在用语上，常使用"楚辞"的"兮"，在节与节之间，多用散文中常用而诗中绝不用的连接词诸如"于是乎""若夫""况乎""岂必""乃有"等。

2. 俳赋

俳赋又称骈赋，是在古赋基础上演化出来的。俳赋起于魏晋，盛于南北朝，是一种追求"字句工整对仗、妍巧，音节轻重协和"的新体赋。俳赋形成的历史条件是，这一时期文学上普遍兴起骈俪之风。尚辞失情，有辞无情，雕琢字句，缺乏活力妙趣。古赋中也有对仗，但只是偶尔使用的修辞手段而已，而俳赋如曹植的《洛神赋》、左思的《三都赋》和陆机的《文赋》中的对仗句式明显多了起来。到了南北朝时期，大多数赋作的主要体制是对偶工整、辞藻华美、奇巧的俳赋。如鲍照的《芜城赋》，江淹的《恨赋》《别赋》，沈约的《丽人赋》，庾信的《春赋》等皆为俳体。特别是庾信的《小

文赋荟萃

园赋》甚至用了工整的四、六对仗句式，讲究平仄声律，同时更加注重用典，连章累句，皆以典出之。俳赋并非全讲究平仄者，强行规定严格平仄声律与限韵者，是其后的试帖律赋。赋作往往存在追求形式，汉大赋堆砌辞藻，俳赋追求整练排偶。但是，汉小赋与俳赋中短小一些的作品，多带有抒情色彩，倾向于诗。这些特色皆是汉大赋所不具有的。

3. 律赋

律赋是在俳赋基础上演化出的，起于隋、盛于唐宋的一种"为适应科举课试、人为设立苛严声律与限韵（指课试时由考官指定押哪几个韵字）、次韵（指不仅限韵而且必须按所限韵字的次序押韵，不可改变其先后）"的新体赋，亦称试帖律赋。如前所述，"古赋"类似于古体诗，是不讲究"平仄声律"的（因其时尚无"平仄声律"这一说）。其后之所以产生"律赋"，正如明代徐师曾在《文体明辨》中所指出的："至于律赋，其变愈下，始于沈约'四声八病'之拘，中于徐（陵）、庚（信）'隔句作对'之陋，终于隋、唐以来'取士限韵'立制，但以音律谐协、对偶精切为工，而情与辞皆弗论。"律赋的产生"却实实在在是隋唐科举制度的产物。……不像其他文体一样，是作家在创作活动中，自然而然形成的，而是出于当时统治阶级科举考试制度的需要，强行规定的。科举制度用赋，是隋文帝统治时期开始的……唐、宋几百年里，以赋课试，时断时续……在限定格式中……几乎就是文字游戏，在文学史上是没有什么价值的。……直到元代，科举考试改用古赋，作律赋的风气，才冷了下来。"（谢佩媛等主编：《赋》，北京出版社 2004 年出版，199—200 页）。明清帖护式的辞赋亦如此。

其时朝廷强行规定：既讲究俳偶，又限韵、讲次韵、讲平仄，甚至讲五声次第（上平、下平、上、去、入），强求对仗工整，一般还限定字数，十分苛严。故极少出现有价值的作品，传世应试律赋作品很难见到。例如王起唐贞元十四年进士的课赋《五色露赋》，以"率土康乐之应"为韵；一般课赋内容皆虚构祥瑞，粉饰太平，为帝王歌功颂德，只以音律谐协，对偶精切为工，置情者于不顾，辞藻者乃游戏技巧，直入下品"不足以入文学之列"。唐律赋盛于贞元、元和，到晚唐却别开生面，出现了一大批与科考功令正大题材相脱离的、抒写现实生活感触的抒情律赋。而这些往往是律赋中的精华，如周钺的《海门山赋》《登吴岳赋》，王棨的《白雪楼赋》《凉风赋》《贫赋》《秋夜七里滩闻渔歌赋》，徐寅的《过骊山赋》《勾践进西施赋》《寒赋》等皆属之。

4. 文赋

文赋是指受唐古文运动之影响，"彻底矫正律体过分追求俳偶、声律与限韵之失"，而形成的一种趋向散文化的新体赋。韩愈、柳宗元虽创古文于先，但散文彻底战胜骈文、文赋彻底战胜律赋是在宋。文赋可谓散文夹韵句，多用散文中常用之虚词"之、乎、也、者、矣、焉、哉"。杜牧的《阿房宫赋》一出，开创文赋之先河，宋欧阳修的《秋声赋》、苏轼的前后《赤壁赋》皆为文赋之代表作。文赋并不排斥对偶句，但像古赋一样只是一种修辞手段，不似俳赋整体追求俳偶。最大的特点是扬弃了平仄声律与限韵、次韵。句式虽仍以四、六言句为主，但却杂以大量长句。

文赋也敷陈，注意文采，但不像汉大赋那样追求辞藻之堆砌。在题材上，也不似汉大赋那样专事歌功颂德。文赋常有夹叙夹议，流于说理，但叙事、写景却形象生动，文字清新流畅，既有诗意，又有古文之气势。结构上也用设辞问答式。用韵自由。

5. 俗赋

俗赋又称敦煌俗赋，是指起于唐代的一种"语言通俗形象，风格幽默有趣，取材于人们熟悉的历史故事、民间传说与神话寓言"的赋或赋体文。20 世纪初，在敦煌千佛洞藏经石室里发现了大批佛教经卷，其中就有一批俗赋作品。它可分作两类：其一是文人赋作，如刘长卿的《酒赋》、白行简的《天地阴阳交欢大乐赋》、王绩的《元正赋》等；其二是通俗故事赋，如《韩朋赋》《晏子赋》《燕子赋》等，这类赋作，已扬弃了骈辞丽句，通俗易懂，故事性强，近似小说，喜添枝加叶，过分夸张，极具通俗文学的特色。这些作品可能出自不知名或落第的贡士，或都市的下层文人中很有才情者之手。俗赋的产生与唐代城市文化繁荣与变化的流行是分不开的。俗赋也以问答为体，多用比喻，对答如流。用韵皆为民间口韵。俗赋的出现说明赋体已被民间下层文人用来抒发自己的情志，反映他们的生活境遇。同时，还表明民间文学与文人创作的相互影响与渗透。俗赋作品也曾用于说唱，表明它对赋体的革新、说唱文学及元话本的形成都可能有一定的影响。

由以上五种赋的体制、艺术特色与形成的简明论述中，可以清晰地看到赋的源流及两千多年发展与演变轨迹：周代至春秋的《诗经》—战国时期楚辞—两汉古赋：骚赋、散赋（即汉大赋与小赋）—魏晋南北朝受骈文盛行之影响便有了俳赋亦即骈赋—受律体盛行与隋唐朝廷科考之需便有了律赋—受唐古文运动之影响便有了文赋与俗赋。辛亥革命尤其是"五四"运动以后，赋被冷落了一个多世纪！当今现代，在继"诗词曲联"热后，人们又将掀起辞赋热，写的人渐渐地多了起来，报刊与网上常常看到一些颇具文采的赋作。笔者以为，今天是白话文学的时代，相应地也应演化出具有时代色彩的——"白话赋"！

二、赋的写作要领

"赋的写作"是专门对今人写赋而言的，笔者在下文中所述乃一己之见，仅供参考。

（一）创建现代新体赋——白话赋

综上所述，在文学还没有骈律近体时，就有了古体赋；当骈文盛行时，便有了骈赋（俳赋）；当律体盛行时便有律赋；当古文盛行时，便有了文赋。据此，笔者以为，今人不应仅仅停留在模仿古代五种赋体这一程度上，顺应历史的潮流，今人应扬弃汉大赋、骈赋、律赋的种种弊端，继承汉小赋、唐文赋与俗赋的共同特色，在白话文学盛行的今天，创建推行具有时代色彩的新赋体——"白话赋"。

有人从字面上误认为"白话赋"，就是径直全用口语写作，此大错而特错也！中国四大古典文学名著《三国演义》《西游记》《水浒传》与《红楼梦》全是白话小说，难道全是用口语所写吗？"五四"运动以降，诸多文坛名家诸如鲁迅、郭沫若、林语堂、郁达夫、萧三、刘半农、叶圣陶、茅盾、田汉、朱自清、老舍、闻一多、冰心、巴金、沈从文、胡风、聂绀弩、丁玲、赵树理、廖沫沙、周立波、艾青、姚雪垠、曹禺、邓拓、何其芳、杨朔、徐迟、梁斌、刘白羽、郭小川、魏巍、张爱玲、白桦、王蒙、刘绍棠、苏叔阳、琼瑶、三毛、梁晓声、贾平凹、莫言等大师的作品全用口语所写吗？其实今人写作一切白话文学作品，包括小说、诗歌、散文、杂文和旧体诗词曲联歌行赋，乃至说唱口头文学作品，皆是使用经艺术锤炼过的时语、口语。使用时语、口语的精华，既生动又雅俗共赏，既有时代气息，又有生活气息。径直全用口语写作，那也就谈不上文学创作了。

（二）"赋""白话赋"的写作要领

1.必须遵循赋的基本规则——韵散相间

从前文"赋"概念的定义中可知"赋"是"亦诗亦文即介于韵文与散文之间的一种独立的古代文体"，这就注定了"赋"的写作，首先必须遵循基本规则——"韵散相间"。如果"赋"每句皆押韵，就变作"诗"了；反之，全不用"韵"，就变作"散文"了。因此，不论写何种"赋"（含"白话赋"）必须"韵散相间"。如前所述，抒情小赋、骈赋及律赋全篇用韵文，但依然饱含"赋味"而不是"诗"，这是"赋整体特色——韵散相间"的"特例"，是历史形成的。笔者以为今人仍应遵循惯例，虽全篇押韵，仍应饱含"赋味"，不可

文赋荟萃

写成"诗"。

"亦诗亦文",要求"赋"既有"诗"的整齐句式、和谐音韵,又有"文"的杂散句式与行文气势;但它又"非诗非文",既不像"诗"那样含蓄简练、宜于歌咏,也不像"文"那样纵横无拘和非关吟诵。

除科考律赋是由朝廷考官限韵并次韵外,其他赋的用韵历来比诗宽,可重韵,且皆可多次换韵。笔者倡议:其一,今人写"赋"含"白话赋",其用韵应以共和国法定普通话为准;其二,自古至今,除近体即律诗外,所有的韵文含《诗经》、楚辞、古风及赋中的韵文部分,全是可以换韵的,例如苏轼的《前赤壁赋》就换了十二次韵,不少还采用了"每两句换一韵"的韵格。例如《诗经·关雎》:"关关雎鸠,在河之洲。窈窕淑女,君子好逑。参差荇菜,左右流之。窈窕淑女,寤寐求之。求之不得,寤寐思服。优哉游哉,辗转反侧。"例如《离骚》:"……曾歔欷余郁邑兮,哀朕时之不当。揽茹蕙以掩涕兮,沾余襟之浪浪。跪敷衽以陈辞兮,耿吾既得此中正。驷玉虬以桀鹥兮,溘埃风余上征。朝发轫于苍梧兮,夕余至乎县圃。欲少留此灵琐兮,日忽忽其将暮。吾令羲和弭节兮,望崦嵫而勿迫。路漫漫其修远兮,吾将上下而求索。饮余马于咸池兮,总余辔乎扶桑。折若木以拂日兮,聊逍遥以相羊。……"例如司马相如《子虚赋》:"……双鸧下,玄鹤加。……张翠帷,建羽盖。罔瑇瑁,钩紫贝。……榜人歌,声流喝。……"例如李煜词《虞美人》:"春花秋月何时了,往事知多少。小楼昨夜又东风,故国不堪回首月明中。雕栏玉砌应犹在,只是朱颜改。……"例如古风李白《梦游天姥吟留别》:"海客谈瀛州,烟涛微茫信难求。越人语天姥,云霞明灭或可睹。天姥连天向天横,势拔五岳掩赤城。……"从句末可清楚地看到"两句一换韵"。此韵格的优点在于容易找到"和声效果"最好的韵字,这是合理而科学的。相反,"一韵到底"是最难的,相应地,"和声效果"也较差,今人千万别追求后者。

俳赋一味追求骈偶，大量使用排比对、联珠对，为了骈俳而骈俳，显然应予以扬弃。但是其他赋体也重视作为修辞手段，合理运用骈偶，且多为宽对，不苟求工对。因此，今人写"赋"（含"白话赋"），应按内容的需要，合理运用骈偶。需要时，使用排比对、联珠对并没有什么不好。一首赋中，或其中一段，若完全没有对仗，反而似觉没了"赋"的味儿。

2.重视文采、情趣与韵味

汉大赋为讨好帝王权贵，过度堆砌辞藻，恰似文字游戏，失去文学本身所应具有的自然情趣与韵味，今人必扬弃之。然而其他赋体乃至所有文学品类皆重视文采、情趣与韵味，所以今人写"赋"（含"白话赋"），应重视文采、情趣与韵味。适当注意词汇的丰富多彩与用典是必要的。意境、情趣、韵味原本是"诗"的追求，"赋"是"诗"与"散文"的混血儿，因此"赋"原本就具有"诗"的遗传基因。重视文采、情趣与韵味乃顺理成章啊！

3.重敷陈，讲层次，体物浏亮

汉大赋过分反复敷陈、面面俱到、层层铺垫、穷形尽相、不厌其繁，应扬弃之。但所有赋体皆重敷陈，讲层次，体物浏亮，这是"赋"不同于其他文学式样的特征，不可不讲。这里有个"度"的问题，要讲求，但不可过。作为汉字的"赋"本身就有敷陈与描述的含义，"重敷陈"是指对描述对象各主要方面或层次应揭示清楚，有深度，重要部分不应有遗漏。"讲层次"是指赋作全文结构一般分作"首、中、尾"三部分，"首"是序或引子，多用散文或"散"多于"韵"；"中"即主体，一般应分作若干独立段，分别从不同层面与视角描述对象或主题，常用韵文或"韵"多于"散"；"尾"即结束段，常用韵文，有的用一首小诗作结。也有不设独立结束段，而在最后一段末尾几句作结。"体物浏亮"是指"赋"重写景、咏物，且文采斐然。

4.惯用设辞问答与以四、六句式为主

赋体大多惯用设辞问答，但也有不用问答方式行文的，如汉小赋。笔者以为，既然两千多年来古人认可这两种体式，今人当然可按自己的喜爱任选其一，不存在高低、好坏或正宗与否的问题。笔者不喜欢假设有两方用问答方式交谈行文，只在引子里简要交代写此赋之目的、动机或总括地提示主题即可。在句式上，所有赋体皆以四、六言句式为主，杂以其他长短句式。作为赋体的惯例，笔者以为，今人应遵循之。但是，"以四、六言句式为主杂以其他长短句式"，"为主"与"杂以"在量的比重上没有规定，文赋趋向散文化，句式上更自由。因此，今人在句式上也不要太拘谨，在"以四、六言句式为主"的潜意识下，按内容行文需要自然形成句式组合即可。

5. 赋的语言，应以时语精华为主，辅以古文尚有生命力的语言精粹

今人写"赋"（含"白话赋"），在语言上，应以时语、口语精华为主，辅以古文尚有生命力的语言精粹，可以用些浅显文言。赋体源于楚辞，又受古文的影响，因此句中常用"兮、之、乎、也、者、矣、焉、哉、夫、盖、于是乎、乃、乃尔、嗟乎、噫吁嚱、耶、况乎、岂必"等文言虚词，这应视作惯例，不应指责为"半文半白"。尚应追求生动形象、流畅自如及重视比喻等修辞手段的运用。其实一切文学品类，在语言上皆应如此。重视语言的推敲与锤炼，重视修辞格和典故的运用。语言应能熔铸古今，雅俗浑成，深刻隽永，清新自然，含蓄凝练，雅而不腐，俗而不庸。精纯、简练、形象、生动、和谐、情浓、味永，以一当十，意在言外，言尽意不尽。切不可干巴说教，拼凑政治口号，更不能生涩不通，杂糅填塞。

漫谈诗词写作诀窍

雷仲麓

老朽自幼师从先祖学习诗词，至今已八十余年。有学生问曰：
"老师！写诗有何诀窍？"此问让老朽一时语塞！经仔细思考，便
觉诗词写作确存诀窍，概而言之：形象思维，语言诗化；意象丰满，
意境深邃；谙用技法，重视修辞；立意明确，题材丰富。

一、形象思维，语言诗化

（一）形象思维

现实生活都是具体的、形象的、可感知的、丰富多彩的，诗
人在生活实践中获得某种强烈的感受，并紧紧抓住那些感动自己
心灵的具有特征的生活形象，经反复酝酿、揣摩、提炼，使之化
为能生动地表达自己思想感情的形象化的诗句，从而使难传之声
化为可闻之音；使难言之貌化为可见之形；使抽象的道理给人以
具体鲜明的印象；使复杂的事化为简练的生动的形象；使一般的
揭示化为个别的展示；使全体的传达化为局部的描绘；使本质内
在抽象的东西化为外在具体现象的表述。文学尤其诗歌的艺术创
造，必须使用形象思维，否则，便不是文学，不是诗歌，更没有
艺术美！

例如，老朽的《虞美人·夜渔》："菱花星月荷如伞，渔火吹
芦管。舟行划破水中天，欸乃声声峰影舞翩跹。　轻轻网撒惊鸿噪，
喜见鱼儿跳。渔姑唱晚似银铃，串串笑声清脆入秋云。"行家求索
先生评之曰："看！菱花、星月、红莲、如伞碧荷皆映入晶莹剔透
的宛若明镜的湖面，渔灯闪烁，芦笛隐约，渔舟点点，欸乃声声，

桨点浮萍。啊，水中夜空时而被行舟划破，湖里峰影如狂似癫地翩翩起舞！这是一幅令人陶醉的人间仙景！全景中的主人公是一位有经验的渔者，为怕吓逃鱼儿，'轻轻'地撒开了网儿，果然，'喜'见鱼儿'跳'，同时也'惊'得夜宿湖中的雁儿'噪'起来。这里诗人提炼了一串动词与形容词：'轻轻''撒''惊''噪''喜''见''跳''唱''入'，从而生动形象地刻画出了'夜渔'的美妙情景，字里行间，如见其人，如闻其声，呼之欲出。全词情景交融，人在画中，形神兼备，意象丰满，把激情含蓄在形象之中，境近意远，句绝而意不绝，其艺术境界是何等地美妙。"由此例可见形象思维之魅力！

与此相反，抽象思维亦称逻辑思维，是人类研究自然与科学活动中的一种特殊思维方式。其特点是使用分析、综合、概念、判断、推理的逻辑方法，来认识自然现象和社会现象及科学世界，从而把思维结果凝聚在概念、公式、定理或理论之中。由此可见，文学尤其是诗词创作切不可用抽象思维。例如，近日写《为孟晚舟女士回国而歌》组诗中出现了："美加诡计"→"狼狈为奸"；"美加勾结"→"一丘之貉"；"栽赃陷害"→"含沙射影"；"品正心清"→"明月清风"或"出水芙蓉"；"以正压邪邪必败"→"东亚巨龙伏纸虎"；等等。小箭头前者皆为抽象思维，没有画面感；后者皆为形象思维，诗中有画，可依诗作画，生动形象！

（二）语言诗化

语言诗化是指把一般书面语言或口语，经过艺术锤炼，使其形象生动、情浓味永、雅俗浑成，雅而不腐，俗而不庸，清新自然，深刻隽永，含蓄凝练，熔铸古今，从而极具审美价值。从语言上看，现代"诗词曲联"，当然要继承古代优秀的尚有生命力、审美价值的语言精粹。但是，切忌使用那些已经被历史、被时代所淘汰的、早已不被使用的古涩生僻的、已经"死亡"了的语言词汇与典故。应当努力使用经过艺术锤炼过的时语口语，即口语的精华，既生动又雅俗共赏，既有时代气息又有生活气息。语言应能以一当十，意在言外，言尽意不尽，有情趣、有韵味、文采斐然。切不可干巴说教，抽象、直白、平淡无味、拼凑政治口号，更不可生涩不通，杂糅填塞。

例如："看万山红遍，层林尽染；漫江碧透，百舸争流。鹰击长空，鱼翔浅底，万类霜天竞自由。"（毛泽东《沁园春·长沙》）"西风烈，长空雁叫霜晨月。霜晨月，马蹄声碎，喇叭声咽。雄关漫道真如铁，而今迈步从头越。从头越，苍山如海，残阳如血。"（毛泽东《忆秦娥·娄山关》）皆是语言诗化的典范，可谓连珠列锦。古今名篇佳作，无一不是语言诗化的精品，永远值得吾辈借鉴与模仿！

二、意象丰满，意境深邃

（一）意象丰满

意象是指融进了作者思想情感的语言艺术形象。其特点是，选取能够引起某种联想的具体物象，如"松竹梅"岁寒三友的意象，就给人以特定的审美联想，成为人们共同认可的高洁、坚毅、自强等高贵品质的物化表现。再如说到"明月"，就与思乡、思人相联系；说到"清秋"，就与感伤、悲愁相联系；说到"流水"，就与去而不复返的情形相联系；说到"杨柳"，就与离别相联系。其他诸如红豆、雄鹰、杜宇（杜鹃）、鸿雁、哀鸿、落霞、雪山、星空、烟波、彩虹、春风、惊雷、飞雪、春晖、酷夏、金秋、寒冬、曙光、暮色、黑夜、峻岭、荒原、戈壁、草原、山泉、小溪、古庙、垂钓、霜发、雪鬓、渔歌、夕阳、朝阳、斑竹（湘竹）、桐叶、落花、风樯、片帆、银河、鹊桥、干戈、玉帛、霜天、关雎、哀猿、蚍蜉、浮云、巫山云雨、车水马龙、灯红酒绿、觥筹交错、浮萍、蝶飞、天涯、昏鸦、宿鸟、烈马、古道、芳草、红烛、柳絮、春燕、长城、黄河、长江、菊花、莲花、海燕等等意象，皆可让人产生特定的审美联想。意象属中国古典文学范畴，西方文学理论中与之类似的范畴是"形象"。可想而知，通过意象让人产生特定的审美联想，同直白地写出抽象概念相比，可谓两重天矣！意象的功能是，使"诗"更有韵味、情趣，更生动、含蓄，言在此，意在彼，言尽意不尽，更耐人寻味。

例如，元马志远《天净沙·秋思》："枯藤老树昏鸦，小桥流水人家，古道西风瘦马。夕阳西下，断肠人在天涯。"28字就有22字是意象。元人周德清评之曰"秋思之祖"、是元代散曲名作也；近代学者王国维亦云"寥寥数语，深得唐人绝句妙境。有元一代词家，皆不能有此也"。只用形象说话，全篇未露"秋思"二字，都是精心选用最能表现主题秋景的景物名词，例如"枯藤""老树""古道""西风"等。省略了定语、谓语的一串孤立的秋景名词，一经组合，便构成了完整的秋景画图。随着抒情主人公"断肠人"的脚步进入画图后，其视线和思绪展开，于是这幅客观的秋景图就变作主观的充满了悲凉、寂寞感情的"秋思图"。于是景中有情，情中有景，情景交融，一种感人至深的艺术意境就浮现在人们的脑海里。

（二）意境深邃

所谓意境，是指可以在读者脑海中再现的，由诗人主观的情、理与客观事物的形、神水乳交融后所产生的艺术境界。它是诗歌创作与欣赏的核心。按"景物、情感、理趣"三者有所侧重，意境又可分作：一是侧重景物类意境，以景为主，景中藏情。景重，情浓，意淡。例如，唐杜甫《绝句》："两个黄鹂鸣翠柳，一行白鹭上青天。窗含西岭千秋雪，门泊东吴万里船。"例如，唐李白《七绝·望庐山瀑布》："飞流直下三千尺，疑是银河落九天。"又如，清袁枚《七绝》："分明看见青山顶，船在青山顶上行。"再如，宋曾公亮《七绝·宿甘露寺僧舍》："枕中云气千峰近，床底松声万壑哀。"二是侧重情感类意境，以情为主，情中带景。情重，景散，意明。例如，唐杜甫《闻官军收河南河北》："剑外忽闻收蓟北，初闻涕泪满衣裳。却看妻子愁何在，漫卷诗书喜欲狂。白日放歌须纵酒，青春作伴好还乡。"例如，唐李白《秋浦歌之一》："白发三千丈，缘愁似个长。"又如，唐崔颢《黄鹤楼》："日暮乡关何处是？烟波江上使人愁。"

再如，唐柳宗元《与浩初上人同看山》："若为化得身千亿，散上峰头望故乡。"三是侧重理趣类意境，以意为主，以气取胜，富有理趣，意中传情。意重，情浓，景淡。例如，唐章碣《焚书坑》："坑灰未冷山东乱，刘项原来不读书。"例如，唐王之涣《登鹳雀楼》："欲穷千里目，更上一层楼。"又如，宋苏轼《七绝·题西林壁》："不识庐山真面目，只缘身在此山中。"再如，宋朱熹《观书有感》："问渠那得清如许，为有源头活水来。"等。

"意"就是诗人主观的思想感情，"境"就是诗人所描写的客观事物，把两者结合之，使其情景交融，或寓情于景，或借景抒情；或寓理于境，或借境达理；或意寓于境，或境中见意。情是神、景是形，形神兼备，营造"有我之境"，把激情含蓄在形象里。同时，要求"境近而意远""景新而情殊""变直白为曲折婉转回环""贵语浅情深""贵语近情遥，含吐不露""句绝而意不绝""弦外有音，使人神远""忌语晦情薄"。只有如此，才能营造出意味浓郁隽永的艺术境界。从"情志"到"意象"再到"意境"的演化，体现着诗性生命本体的建构过程；从"感兴"到"神思"再到"妙悟"的逐步升华，便显示出诗性生命活动的发展轨迹。

意象丰满和意境美妙成正比，意象越丰满，意境越美妙，否则反之。笔者以为，今人创作中华"诗词曲联"也应重视并力争意境深邃、高雅、美妙、新颖，意象丰满，诗才会有韵味、有情趣、有文采。这才是我中华民族所固有的审美理念与追求。

三、谙用技法，重视修辞

（一）谙用技法

写作技巧与方法也简称写作技法，对诗或词而言，传统惯称诗法或词法。古往今来已用过的技法，可谓繁花似锦，五彩缤纷。诸如宛转曲达，以少总多，以小见大，超越时空，虚实变换，正反对比，众宾拱主，巧比妙喻，视听通感，妙写通感，以静写动，化静为动，乐景哀写，议论说理，思想闪光，哲理融入情景中，巧讽妙刺，意味深婉，状物拟人，妙见性灵，奇想痴语见真情，借梦幻写真情出奇境，幻景写真，错觉奇出，举因出果，联想有味，意象叠映，凭虚构象，虚实相生，借窗观景，反入正出，反常合道，奇趣横生，妙写无声之声，隔物闻声，借声想景，认假作真，妙想连珠，具体与抽象嫁接，借色抒情，设彩造景，自我入画中，诗情画意浓，矛盾逆析，顿挫奇警，化俗为雅，雅俗融化，提炼动词，点亮诗眼，化用典故，点化出新，词尽意不尽，只可意会等不胜枚举。

例如唐金昌绪《春怨》"打起黄莺儿，莫教枝上啼。啼时惊妾梦，不得到辽西"便是运用"宛转曲达，借物达意"写作技法的典范。赶走黄莺，不让其啼叫，以免惊醒诗中主人公的美梦，从而不能在梦中魂飞辽西与久别征夫幽会。取材单纯而含意丰富，意象生动而语言自然，把少妇思念征夫之情表现得淋漓尽致，可谓言少意丰，语浅情深，委宛出情趣，曲折生韵味。又如宋李觏《乡思》："人言落日是天涯，望极天涯不见家。已恨碧山相阻隔，碧山还被暮云遮。"也与上例同一机杼。

再如诗法"句法紧缩，意蕴丰厚"例句：唐温庭筠《商山早行》的颔联"鸡声茅店月，人迹板桥霜"，十字皆名词，无动词与虚词。诗人精心创构出六个景物意象，便绘出一幅情景交融、绘声绘色的，气氛凄清、冷寂、空微、淡远的羁旅愁思早行画图。句法紧缩，意蕴丰厚。淘洗闲字，精心炼句。真可谓千古绝唱！"状难写之景如在目前，含不尽之意见于言外"。另如明郭登《保定途中偶成》颔联"寒窗儿女窗前泪，客路风霜梦里家"与上例同一机杼。老朽也有此诗法模作《七言古绝·前川恋情》："岸柳黄鹂夕阳笙，花径情侣初月筝。羌笛夜蝉交颈鹤，丝桐草萤满河星。"

又如诗法"具体与抽象嫁接"的例句："孤灯然客梦，寒杵捣乡愁"（唐岑参《宿关西客舍》）借助动词把具体之意象"孤灯""寒杵"与抽象之意象"客梦""乡愁"嫁接起来，如此，"孤灯"燃起的不是烛光，而是"客梦"；"寒杵"捣的不是冬衣，而是"乡愁"。具体与抽象竟然能如此奇妙地结合起来，平常的动词"燃""捣"显得那么新鲜、奇警、光彩传神！十个字就能把眼前凄清孤寂的景象与心中复杂的情思生动地描绘出来，且使两者水乳交融。岑参还有一联诗"塞花飘客泪，边柳挂乡愁"，与上联同一机杼。老朽诗作中也有七例句："泛舟双桨摇初恋""宿鸟归飞噪客愁"与"两把二胡奏坎坷"（《七绝四首·苦乐年华》）；"生命抽丝织锦绣""生活点亮绽晨昕""出水芙蓉书墨宝"与"清风明月铸诗魂"（《七言排律·学诗偶得八韵》）。

　　此外，诗法"句出多维空间或层面"例句："日照香炉生紫烟"（李白《望庐山瀑布》首句）。"日"在天，"香炉"（山）在地，"紫烟"（山岚）在山的上方，显然一句七字出现了三维空间或层面。此诗法的语法结构特殊：主语＋谓语＋宾语分句，而宾语分句也由"主谓宾"组成。"日"是主语，"照"是谓语，"香炉生紫烟"是宾语分句。宾语分句中，"香炉"是主语，"生"是谓语，"紫烟"是宾语。青松诗社邓以新先生诗中有一联好例句："头顶平湖映明月，脚踏弯泉听流溪"（《新体七律·广东南海西樵山宿感》颔联）。老朽诗中也有一联例句："女绣飞龙戏春江，男塑彩凤求金凰"（《七言古绝·观工艺精品展》首联）。

　　（二）重视修辞

　　古代修辞，简言之是指修饰辞语，使其精深准达雅以期美化。深而言之，修辞是语言运用的艺术。谈到修辞，人们就想到选词、择句、调音、设格的古老传统。现代修辞，则是指为了特定目的，依据题旨情景，对语言作出组织调配，以期提高表达效果的一种自觉的、积极的语言活动。人们在长期修辞实践中，依据修辞动机、目的与功能，遵循修辞规律，组织修辞材料，逐渐形成诸多修辞效果突出的、固定的方式、结构与规则。这就是修辞方法或称修辞格，例如比喻、拟人、夸张、双关、拟物、对偶、排比、反复、借代、比拟、移就、衬托、假设、换序、缺如、两兼、联珠、列锦、顶真、摹状、拟声、层递、分总等。

例如"比喻"格诗句："问君能有几多愁，恰似一江春水向东流"（唐李煜《虞美人》），是明喻，喻词是"恰似"，主体"愁"在问句，喻体"一江春水向东流"宛若径直向读者的心灵冲击而来，穿过漫长的时间遂道，依然感人肺腑！此例乃千古名句。再如"比喻"格诗句："山河破碎风飘絮，身世浮沉雨打萍"（宋文天祥《过零丁洋》）。上句写大宋江山已经破碎，如同狂风中飘零的柳絮；下句写自己作为亡国孤臣，身世浮沉，有如被急雨扑击的无根浮萍。诗人用凄凉的自然景象比喻国事的衰微和个人的厄运，深切地表现出文天祥内心的悲愤。上下两句全省去喻词，主体与喻体直接焊联，是典型的隐喻，同时喻象三字又是主谓宾结构的陈述句，而且十四字意象密集，诗句格外紧凑、凝练，节奏回旋舒缓，风格沉郁顿挫，堪称佳作名句。再如"蜀道之难，难于上青天"（唐李白《蜀道唯》）、"三万里河东入海，五千仞岳上摩天"（宋陆游《秋夜将晓出篱门迎凉有感》）、"危楼高百尺，手可摘星辰。不敢高声语，恐惊天上人"（唐李白《夜宿山寺》），皆属修辞夸张名句。夸张可突出事物的本质特征，鲜明地表达作者感情，引起读者的共鸣与丰富想象。

从上例析可知，修辞用否，用得好否，诗词作品艺术性高低明显有别，因此初学者必须认真精读修辞学专著及诗词赏析专著，边学边模仿运用，只有在游泳中才能更快地学会游泳。与此同时，尚应善于用典。用典可以一当十，大大提高语言的诗化程度。

四、立意明确，题材丰富

（一）立意明确

作诗立意必须明确，忌含混。旧体诗歌创作理论中，立意也称命意，是指作者于作品中所要表达的情志，亦即思想、意图、主旨。

立意相当于现代文学理论中的主题。主题对题材的选择、情节的安排、艺术形象的塑造都起着统帅与主导的作用。这也就是"意在笔先""诗以意为主"的原则。这一原则，是要强调"意"是全诗的中心，具有支配地位；是要强调诗要有充实、深刻的思想内容；是要强调形式必须服从内容。因此，作诗立意必须明确，若思想空虚，感情贫乏，甚至立意含混不明，不知所云，即使辞藻华丽，文采斐然，格律严谨无误，也不是诗！最多只能算作语文"造句"练习而已。

（二）题材丰富

题材力求丰富多彩，反映当今的时代色彩与生活气息，写前人没有写过的有意义的新鲜事物，关注新时代新的思想感情。言志抒怀，要切人、切事，要写出新意，诗思巧妙、曲折。这些可从诸多现代名家诸如鲁迅、郁达夫、茅盾、于右任、毛泽东、柳亚子、郭沫若、叶圣陶、刘海粟、聂绀弩、赵朴初、王力、启功等人的作品中得到见证。尤其是 20 世纪中国最伟大、最杰出的诗人毛泽东的诗词与楹联作品，值得我们学习与借鉴。近二十余年来，报刊杂志上也发表了不少优秀的、值得学习的"诗词曲联"作品。从题材上看，诸如国家兴亡、民族疾苦、国家振兴、政治讽喻、战争风云、咏史怀古、壮志豪情、爱国爱民、科技进步、民生民情、山水风光、田园乡土、乡思离愁、情诗恋歌、誓理寓言、亲情友情等都是可以大写特写的好题材。

有感而发，"写作冲动"过程中，主题与题材便会慢慢地明朗起来，主题词、主题句、关键词乃至"诗眼"也会自然地冒出来。这就是你创造性的头脑，作用于你读诗、读书的文化积累与生活积累的产物。综上所述，创作必始于"有感"即"有意"，从而有"写作冲动"即"诗兴"大发，但是必须经过反复酝酿，理性思考，才能最终确定"立意"与"题材"。所以，"立意"与"题材"的确定，必须经过冷静的理性思考，不受情绪"冲动"的影响。综上所述，创作全过程都是围绕"主题"进行：从"有意"到"立意"，从"立意"到"炼意"，从"炼意"到"写意"，从"写意"到"品意"。古人对这一过程提出了"三贵原则"："贵约""贵新""贵深"。

　　此外，重视积累"诗外功夫"，学会观察生活，感悟生活，积累生活。充实"人文知识"，多读多写，尤其重视名篇佳作的赏析与模仿。诗不厌改，改而后工，冷处理后"定稿"。笔者衷心期盼，广大读者朋友能尽早在创作上取得成功！老朽在此击节鼓掌，高唱赞歌，为你报以热烈的祝贺！

大吉图

甘海斌画（65 cm ×45 cm）

致友人：诗词韵律刍议

空林子

大作近日业已拜读。先生所倡立心中正，令人感佩。二〇〇八年，有若干中青年诗人联名发布《关于反对诗词"声韵改革"的宣言》，一时间应者云集，声势颇壮。当时也有人劝我签名支持，我稍加思索，便予以拒绝了。然而细细想来，主张改革者多为六旬以上之前辈，不愿改革者多为四旬以下之后生。前辈求新、后生守旧，此等现象，似乎有违常理。不知先生可曾探究其中缘由？

某诗词学会诸老自称知古倡今，其倡今之举，自然毋庸置疑，是否知古，却还有待商榷。譬如先生以为："斜"字古音为"xiá"，然据我所知，古汉语本无"j、q、x"三种声母。"斜"字为"似嗟反"，古音为"swá"，其读音与"霞"字并不一致（"霞"古音"há"）。再如先生以为：对仗可分宽对、工对，词性相同即为宽对。然考之古籍，便可得知，古汉语唯有虚实之分，并无明确词性。词性之说，源自泰西（如英文有词根、词缀，同一词根加以不同词缀，可形成名词、动词、形容词、副词等）。所谓"词性活用"，只是近人立足于西方语法之角度，研究、解读中国文言之法，仅可参考，断不能奉之为圭臬。然则诗词之对仗，不在于词性相对（如"身无彩凤双飞翼，心有灵犀一点通"，以名词"翼"对动词"通"），而在于结构对称。如"英雄"（英与雄）可对以"儿女"（儿与女），而不可对以"美女"（美丽的女子）；"春秋"可对以"昼夜""冷暖"，而不可对以"夏日""早岁"。对仗有工对，亦有拙对；有妙对，亦有劣对。至于"宽对"，只怕是多半"不对"了。先生之见，应采自当代专家、学会诸老之书。由此可知，其于"知古"二字，尚有不足之处。

由于传统文化曾出现断层，方今学会诸老限于早年环境，虽有爱诗之心，却无兴诗之力。反之，某些七〇后、八〇后诗家，自幼研读国学经典，诗词功力多在诸老之上。其一心复古，菲薄新韵，虽云不合时宜，却也无可厚非。当然，声韵变革，势在必行。平水韵与普通话语音相差甚远，如"四支韵"中"丝""谁""奇""筛""涯"等字，读以今声，断非同韵，据此作诗，必失美感。另如"播"字，于汉代读作平声"bō"，于唐代读作去声"bò"，今声近于汉而异于唐，今人作诗，若遵从平水韵，以之为仄声，实乃胶柱鼓瑟，难免贻笑方家。

善师古者方能革新。学会诸老倡导诗词大众化，中华新韵既行，于大众化一途，却是南辕北辙、渐行渐远。诗词大众化，应是读者之大众化，而非作者之大众化。假设中国有一万人作诗，十亿人爱之，则诗词可称兴盛，假设中国有百万人作诗，十万人爱之，则诗词必将灭亡。欲求增加读者数量，必先提升作品质量。中华新韵并"情""东"于"十一庚"，"奇""余""儿"于"十二齐"，既不合古，亦不合今。其所达之效，仅是降低写作门槛，令无心向学者也能随意作诗而已。今人出版诗集，每每只印千册上下，百姓不阅、书肆不纳，赠予同好，也常被视如废纸，弃之一旁。如推广中华新韵，再增大量劣诗，想来此种情况还会更趋严重。

学会诸老又言不欲废除"平水韵"，只欲实施"双轨制"。然制度不一，则初学无所适从，法度不严，则易于滋生腐败。今之诗刊、

盛世诗语

诗赛取稿，编辑、评委每视作者之声望、地位、身家，以及与己之亲疏而择之，而"双轨制"也已沦为其执行双重标准之依据。

数年前，我有意重编韵书，并定名为《中华正韵》。在编著《中华正韵》前，我曾订立一套方案，于此略述，以供先生参阅：

一、宜古宜今，宜南宜北。"宜古"即掌握语音流变之脉络，使《中华正韵》至少合乎《诗经》、乐府、唐宋古风之音韵（如平水韵"十二文"之"勤""云"，可与"十一真"之"邻""因"并作一部，而"十二侵"之"心""林"等字古音为合口韵，故不入其列）。

"宜今"即顾及普通话读音，重组韵部（如平水韵"六鱼"有"庐""鱼"，"七虞"有"夫""虞"，现可将"庐""夫"并入一部，"鱼""虞"并入一部）。

当下，江、浙、沪、闽、粤、赣等地区方言仍有入声，粤语、客家语、闽南语仍有合口韵。《中华正韵》也会保留入声及合口韵，循此作诗，无论北人、南人，均不会感觉不曾押韵。

二、从严从细、依次为邻。宁使作者作之甚艰，不令读者读之不快，故当从严从细、依次为邻。

如"知""嘶"等字、"奇""衣"等字、"垂""回"等字、"来""开"等字各成一部。四部依次为邻韵。

"知""嘶"与"奇""衣"相邻；"奇""衣"与"垂""回"相邻；"垂""回"与"来""开"相邻。然"知""嘶"与"垂""回"不相邻（有如江苏、浙江相邻，浙江、福建相邻，江苏、福建却不相邻）。

作诗词时，邻韵之字可偶尔借用。

三、字字组词，以供查用，每一字下均列出常用词。如"īng"韵"行"字下，有"言行""执行"等词；"ìng"韵"行"字下，有"德行""品行"等词。如此，可避免误用平仄两读之字。

四、详解技法，正本清源。对仗、章法等技法问题，均将一一详解。

此书若能出版，当鼓励诗人遵《中华正韵》多作好诗（方法甚多），力求令《中华正韵》成为今人学诗教材，并逐渐取代平水韵。

不过，因我力量微薄，且困于生计，故而此项工作没能有效推进，遂成憾事。

我素知先生劳心政事、日理万机，今日致书于先生，并不求先生答复，只望先生兼听则明，不弃鄙见。

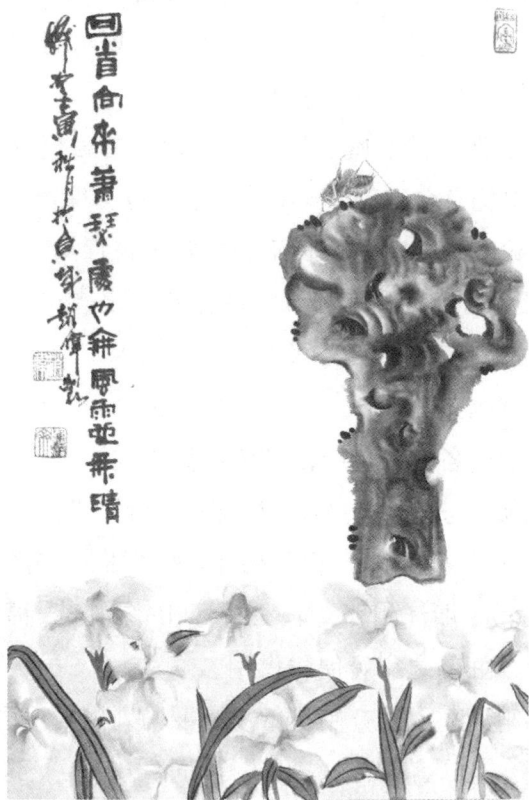

也无风雨也无晴

赵伟画（65 cm × 45 cm）

游颐和园感赋

甘海斌

颐和嘉园，初名清漪。清宫御苑，皇家园林。世界遗产，文史中心。承帝都瓮山之古迹，开启千帧图画；摹杭州西湖作蓝本，藻鉴三岛仙云。八面来风，拂昆明湖水而粼粼波光；能工巧匠，垒万寿山台而郁郁苍青。复建历十数载春夏，占地约三百多公顷。浓缩四大部洲，荟萃奇珍异宝。巧植名花奇木，砌石成垒；高筑楼阁台榭，拱楹烁金。构造瑰丽雄伟，装饰美轮美奂。盖天下之奇观也！

壬寅季春，日丽风熏，姹紫嫣红，春意盎然。余打卡直入新建之宫门，昂然径行于禁苑之驰道。环昆明湖东侧步行，向南而至西堤，观长虹卧波，柳绿桃红，湖光潋滟，宝塔沉影。傍疏林幽径，尽识杨柳之妖娆；依阡陌小道，饱闻花气之芬芳。

漫步园内，恍若游走于天南海北；流连其间，仿佛置身在诗画之中。遥望佛香阁高耸，促人脚步；远观万寿山横翠，动人心扉。湖波涟漪，聚玉泉山之清流；堂开涵远，迎紫禁城之朝曛。玉带横连，十七孔虹桥跨月；金牛镇卧，几百年水波不惊。花木散香，柳浪鸣翩翩之莺燕；舟槎渡客，航迹泛悠悠之细鳞。西堤之上，游人济济，满目梨花，一片雪霜。芦苇发青，桃李夹路，鸳鸯戏水，上下天光。识耕织，悟稼穑，跨荇桥，过船坞，履石舫，观壁画，穿宫楼，抵长廊。石丈邀月延展七百米，绘古喻今枋梁万余幅，绝世无双。遇景摄景，心手双畅。乏坐台矶，静观游者之百态；慢停脚步，闲闻吊嗓之京腔。身热脱衣帽在手，解饥以面包烤肠。止渴品新茗馨香，稍憩尝冰凌清凉。不知不觉，半日已过。排云殿前，正沐午阳。

入庭院，鉴古仪陈设之器物，其瑰玮让人惊呼；观内室，赏皇室生活之用品，其豪奢令人瞠目。举眸，镏金楹联满门楣，溢香翰墨流芬芳。平视，林立牌碑矗宫闱，载政史册记春秋。何园之有？

进入景区核心，佛香阁位居中央。其高达四十米，雄踞于石砌固础之上，八角四重檐，攒尖刺苍穹，器宇轩昂，凌驾群伦，总绾一园之盛状。与其他建筑群落于前山，层叠上升，气势磅礴，青琐贯穿，踞山面湖，相得益彰。至智慧海以蹑虚，登万寿山觉凌空。山前山后，尽收眼底。殿阁崔嵬，排云吐雾；红墙金瓦，气势恢宏。昆明湖水，碧波漾漾；游船画舫，往来其中。近看翠涌山岚，百花争艳，草木竞荣；远观蓟门烟树，玉泉喷虹，魂梦浩渺，似游蓬莱仙岛而神驭清风。美哉！秀乾坤于目下，了无尽意；实天上之人间，信不为虚！

往瓮山之背，寅辉、通云二关对称布局；眺远、妙觉斋寺隔空相望。四大部洲修葺一新，尽显汉藏建筑风貌。佛塔森森，梵香袅袅。香岩阁乃四大部洲之心脏，殿宇恢宏，庄严妙相尽列其中，祈祷游客膜拜虔诚。

至东区，仁寿殿前，麒麟高耸，凤鹤并立；海棠几株，迎风怒放；榆梅数杆，一片缤纷。转至玉澜堂内，槛栏如狱，玉兰灼人。拟见闻，铜鹤泪洒戊戌之风雨；石狮声咽庚子之危艰。在此，不禁愁肠千结，遐思万缕。犹可叹，当年母子失和，福盈德少，龙无广润；怨积运退，祸不单临。权柄者懵懂未警，贪逸自大；膏脂怡享，财竭智昏。

欲一人颐寿养和，驭万民悖道失仁。慈禧挪海军经费，力复园貌；光绪借上寿缘由，行孝荐忱。栋梁思革新变法，康梁失败；朝堂遂垂帘听政，太后因循。是时，玉澜堂中囚儿帝，宜芸馆里起愁云。

拾级路经杏花岭下，循道直至谐趣园中。一泓春水，四围亭榭；楼台倒影，万树新绿。时南风阵阵，引花香扑鼻；忽清歌呖呖，乃飞燕展翅。

游后湖，只见水波曲折，苍松傲岸，石桥木榭短亭。山草吐翠，杂花流香。迎春开于山坳，含羞带泪；连翘生于田圃，袅袅婷婷。乱树迷津，疑泊武陵渔人之舟楫；落英坠水，似漂桃源梦境之花红。

苏州街，以水作街，以岸为巷，曾店铺林立，商贾琳琅。如今却因疫情，门可罗雀，空无一人。即此，出北宫门，了结此行。

余慨叹颐和山水，欲澄怀观远，际会风云，佛香阁是也；欲端凝变幻，觉悟奥妙，昆明湖是也；欲雄浑富贵，庄严肃穆，莫如排云殿也；欲沉心静气，身入禅境，当数香岩阁也；欲典雅清净，闻燕听莺，应在谐趣园中；欲曲水流觞，梦里桃源，则游后湖两岸；欲虹桥映水，芳草连天，尽在西堤之行；然集颐园之华萃，非文昌阁莫属。

忆往昔，圣园惨遭厄运。嗟夫，内颓外危，垂涎多列强野兽；兵虚策乱，帝后败逃避八国联军。至此疯狂之盗寇，破城掳抢；贪婪之洋鬼，肆意分赃。行宫散烟，幸雷氏之杰构安在；西海涌浪，悲汉武之雄魂焉寻。石狮含嗔恨之怒火，凤楼化巍峨于烟尘。国之殇，未抚平。新之恨，又添生。暴行日军略华，丧乱再书；无耻蝇蚊嗜血，北平沉沦。通令以逼索铜器，砸缸夺鼎；屯兵而戕害贫民，狼狂犬猘。园之兴衰因果，悲愤何以堪云。

看今朝，凤凰涅槃，国运复兴。重新保护兮修葺古园林，整治环境兮福泽今世民。睡狮醒而显四海威灵，红旗飘而迎八方来宾。我泱泱中华，鸾凤起舞祥龙腾，雄立寰宇众邦钦。防危杜患，典籍增补史鉴；崇文尚武，盛昌彰显自尊。砺志于屈辱，求平等循礼仪为道；

璀璨自文明，倡和平引五洲同心。可预见，未来之中国，一定是人类理想之中心！

噫吁嚱！一园胜景，谐和至臻。颐身颐志，不悖冠名。今之游斯园者，定生与吾同感，依强军武备而言兮，则恨太后；倘观光赏景而诉兮，诚谢慈禧。若江山不为民做主，此园仍为帝王独享。我等生长在共和国体之下，幸哉！幸哉！"此生无悔入华夏，来世还做中国人。"

当日归来，思绪万千，多年感念，终汇笔端，欣然作赋，是以为记。

壬寅孟春三月草于京华

山寺桃花图

甘海斌画（60 cm × 50 cm）

诗派事迹

在《竟陵新韵》首发式暨新竟陵诗派座谈会上的讲话

范恒山

  各位朋友的发言让我深受感动，也深受启发。对于我们来说，《竟陵新韵》的出版是一件带有标志性的事件，值得庆贺和纪念，而大家的真知灼见不仅是我们努力的方向，更是我们前进的动力。

  我本人也是比较被动地参与其中，是傅东渔等同志把我拉到了这个群体。所以，我在2020年8月所写的《七绝·贺新竟陵诗派创立》的序言中专门提到"感于傅东渔先生等创立京城新竟陵诗派良举而吟"。但我是一个有责任心的人，既然大家信任我，看重我，我就应该以最好的精神面貌为之做出力所能及的贡献。说到底，竟陵诗派就是一个诗词交流平台或者称之为"诗词沙龙"，借助这个平台，以生活在首都北京的部分荆楚诗词爱好者为主体，依托一定的形式开展诗词特别是唐宋风格诗词的学习、咏吟和创作，以取长补短、相互提高。这是一个开放的平台，虽然它承继了某些特定的地域或历史符号，但参与者及其创作的内容并不局限在某个地域。南齐永明年间曾出现过"竟陵八友"，但"八友"中间没有一个是当地人。

  新竟陵诗派的职责也不仅仅是讴歌家乡，而是"高扬文化自信、歌颂伟大复兴"。躬逢盛世，我们要偕伴同道之人，"以笔为帚、化墨为雨、抒黄河清、写江山绿、洗放天青"。新竟陵诗派中有一些人祖籍隶属古竟陵，我们也要会同今天仍然生活在那里的诗词爱好者，一同弘扬古竟陵的优秀传统文化，一同为推动建设社会主义的新型先进文化做出贡献。

  在各位的共同努力下，一年多的时间里，诗派举办了多次雅集，

诗派事迹

也形成了许多有价值的成果，《竟陵新韵》只收录了其中一部分。但这还仅仅是一个良好开端。回顾过去、展望未来，心中充满感慨，很想借此机会与大家交流一下。

刚才，徐国宝同志在发言中谈到了近代著名学者王国维先生所写的《人间词话》，我想王国维的许多著述中最有名的可能就是《人间词话》，而《人间词话》中最为世人所津津乐道的就是那段"古今之成大事业大学问者，必经过三种之境界"的表述。王国维分别集晏殊、柳永、辛弃疾三位古贤之词句，阐述了人生奋斗的三种境界。受此启发，我也想集诗仙李白和伟人毛泽东之诗句，向大家表达三点意思。

第一，"拨云行古道"，"风景这边独好"

诗词是中华民族文化中的一树永不凋谢的花朵，是华夏历史长河中一股激越奋进的清流。叶嘉莹教授曾说"读诗的好处，就在于培养我们有一颗美好的活泼不死的心灵"，读诗尚能如此，何况进行诗词创作呢？好的诗词寓品高、意重、情真、味醇、词美、律正为一体，既能增益社会，启迪他人，又能怡悦自身，可谓好处多多。对于我们大部人来说，诗词创作是另外一片天地，那里有特别的景致、奇异的风采。如果我们下点功夫，投身其中，一定会获得意外的惊喜，体验柳暗花明的感觉，生发别具一格的情愫。我们应该坚定意志，执着前行，以古诗词为引领，走进这片奇魅的领域，并用自己独特的创造，真切感受诗词所体现的美好韵味。

第二，"苍茫云海间"，"风卷红旗过大关"

诗词之海浩瀚无垠、博大精深，四唐二宋的贤人们在历史上树起了一座高峰，伟人毛泽东又在近现代立起了一座新的丰碑。作为诗词爱好者，面对这样的环境，我们能感到强大的压力，也应树立起应有的信心，几千年的优秀传统诗词积淀为我们有所作为奠定了重要基础。在诗词创作上，我们应该秉持这样的精神状态，即以"无心"成"有心"、用"平凡"铸"不凡"。目标可以设定得合理一些，但功夫必须下得深入一些，要虚心向古今贤人学习，坚持以实际生活为本源，紧紧扣住时代发展的脉搏，探源风雅颂，尊奉赋比兴，书写真善美。要积极进取，又不图名利；既与时俱进，也顺其自然，不尚矫揉造作，不做无病呻吟，高扬起自己独具特色的旌帜，在玄妙奇异的诗词云海间越关夺隘、高歌猛进。

第三，"相迎不道远"，"无限风光在险峰"

诗词创作不能浅尝辄止，但前行的道路充满挑战，只有在崎岖道路上持续攀登的人，才有希望到达光辉的顶点。我们既然钟情于诗词，就不应惧怕道路艰险和遥远，应一步一个脚印向前迈进，永不言休。可以肯定的是，越往前走，我们就越能领略到诗词的曼妙身姿和深邃情调。当然，对于我们来说，这样做不仅仅能够提升思想水平和道德情操，还能促进身体强健和心情愉悦。尤其对我们这些已经退休的同志来说，在含饴弄孙、颐养天年之际，吟诗作词、追风弄雅，一定会使我们的生活更充实、身体更健康、性情更温厚、生命更精彩。"雄关漫道真如铁，而今迈步从头越。"我们要在新的起点上，相携相帮、砥砺奋进，不断攀上新高度，用温暖省世之作去领略诗词险峰上醉人心脾的无限风光。

"爆竹声中一岁除，春风送暖入屠苏。"牛岁即将过去，虎年就要到来。辞旧迎新之际，恭祝大家新年身体健康、家庭幸福，虎虎生威，前程似锦。

竟陵古韵又清发

——贺《竟陵新韵》由作家出版社出版发行

臧新义

中华大地，物阜民丰，一方水土蕴育一方文化。特别是古代交通条件下"关塞极天唯鸟道""蜀道之难，难于上青天"，自然地理环境的不同，造成文化上的差异巨大，形成诸如中原文化、荆楚文化、齐鲁文化、三秦文化等，皆有着地域的烙印。

人，或生于斯长于斯，或兴盛于斯歌哭于斯，自然也拥有与众不同的标签。孔丘、颜平原、杜少陵、苏东坡、王孟津等名人；商山四皓、竹林七贤、竟陵八友、江左风流等团体。"白马秋风塞上，杏花烟雨江南。"正是这种地域差异性，使文化丰赡多姿、包罗万象。

古之竟陵今天门，旧为南朝齐梁竟陵王萧子良封地，自古人文昌盛，故以此名。竟陵王萧子良，好文而礼遇文士，组织文学活动，促进了南朝文学的彬彬之盛。《梁书·武帝本纪》记："竟陵王子良开西邸，招文学，包括高祖（萧衍）、沈约、谢朓、王融、萧琛、范云、任昉、陆倕八人。一时天下才学并皆游集焉，号曰'八友'。"竟陵八友，文学讲究平仄四声，音韵和谐且情景交融，不仅为南朝齐梁时代文化奇葩，更是开竟陵地域文化之先河。后之籍人，莫不景从，以此为先声，踔厉奋发，以期"家声"不坠，焕文焕彩。

明代更有钟惺、谭元春开宗立派，发起组建竟陵学派，与当时公安派并驾齐驱，驰誉天下。反对拟古之风，形式险僻，求新求奇，主张抒写"性灵"，风格"幽深峭拔"而影响深远。

今日之京城新竟陵诗派，赓绪崛起。由范恒山、傅东渔二位先生于 2020 年 8 月发起，主要成员有赵发洪、郑庆红、汪桃义、甘海斌、胡水堂等，皆荆楚籍人士，又皆雄踞京城，功成业就，或政坛翘楚，或文化学者，或商界精英，对于文艺的态度，大抵秉承了孔子"志于道据于德依于仁游于艺"之观点，于诗酒唱酬之际，探究竟陵学派之遗韵，踪迹古乡贤之诗风，浸窥琢磨，遂成蔚然之气象，名动京城，更影响天门故里。

余曾有幸数次参加新竟陵诗社、龙潭诗社组织的诗酒雅集。常感范恒山先生之博学多才，作为著名经济学家，不仅身处国家发展改革委副秘书长要职，且诗词造诣高深，所作皆质雅而意幽深，堪称新竟陵之主帅也。又感傅东渔先生之热忱，似乎每次雅集都由他出面组织，召集、拟题、主持、宣传等。其诗有大才，往往诗思如泉涌，别人作一首，他则得三四首，方兴尽。余者如甘海斌、胡水堂二位先生，都曾是军中高干，为人谦和敦厚，为文诗情畅意，既有军人之豪迈，又得士人之儒雅。

当其时也，余身处其中，每有"坐中多是豪英，长沟流月去无声，杏花疏影里，吹笛到天明"（南宋陈与义词句）之感，何其幸耶。

杨诚斋在《江西宗派诗序》一文中指出，"江西宗派诗者，诗江西也，人非江西也。人非皆江西，而诗曰江西者何？系之也。系之者何？以味不以形也"。形，或可理解为地域，而味，即司空图所言"味外之味"，意蕴也。从这个角度来说，京城新竟陵诗派，不必全为天门之籍，无须身处京城之都，五湖四海，只要有这"味"连接，即有别于其他世俗之作也。

近日，由范恒山会长领衔，傅东渔、雷仲篪、赵发洪、甘海斌、胡水堂、汪桃义、彭太山、周维、郑庆红等十位新竟陵派诗词家合著的《竟陵新韵》由作家出版社出版发行，并将在京举办首发式。在此，我以一首小诗作注，祝愿京城新竟陵诗派蓬勃发展，源远流长。

幽远峭孤因气骨，竟陵古韵又清发。

我言归志一官初，石上林泉堪照月。

辛丑岁暮于京华深柳堂

诗派事迹

335

谈谈对新竟陵诗派一点认识

赵发洪

本人有幸进入新竟陵诗派这个群体，得益于傅东渔先生的诚邀。掐算起来三个年头了，逐渐认识了恒山秘书长等一批在京城的湖北诗友，使我从耳闻新竟陵诗派到成为其中一员，受益匪浅。范秘书长让我借本集子出版写一篇小文，因我对竟陵诗派过深的感悟还不够，写不出有见地的东西，想来就谈点对推进新竟陵诗派工作的一些粗浅看法。

学习中知来路

竟陵派是晚明时期影响较大的诗歌流派之一，曾执诗坛之牛耳达三十余年之久，至今已有四百多年的历史，对晚明诗坛影响深远。竟陵派是继公安派之后崛起于晚明诗坛的，它既矫正了明代前后七子及公安派的弊端，又在对两派优点兼收并蓄的基础上进行了独特的理论建构，并选编《诗归》一书。在当代，有许多学者专著研究竟陵诗派，网上一搜篇目繁多，我感觉有分量的书籍和论文，像《竟陵派研究》（陈广宏著）、武大出版的《百年竟陵派研究文选》、《清初竟陵研究》（张旭光著）、《清初人论竟陵派评议》（李圣华著）、《百年竟陵派研究述评》（陈婧玥著）等等，很值得一读。这对我们了解竟陵诗派的形成背景、代表人物、核心思想、理论价值会有很大的帮助，丰富我们对竟陵诗派的认知是不可多得的教材。

竟陵派核心人物钟惺、谭元春都主张作诗为文，要以古人为归，

盛世诗语

读书学古，力求深厚，在精神上达到古人的境界。当今愿意追随竟陵派的我们，更有理由要系统学习研究竟陵派发生的一切，知其然更要知其所以然，使我们的思想感悟、学术思维和创作源泉，从中汲取其精华，犹如竟陵派本身所倡导的立言要在继古中增强时代性、个人性、真实性，把自我生活情感与之相统一。我以为，学习研究竟陵派的体系传统这一课必须补一补，或缺不得。

继承中求建树

在诗词界求建树往往比较难。在当下，似乎大家都只是在强调写诗一定要遵循古人创造的格律，且还在以坚持旧韵、新韵哪个为主上争得不亦乐乎，而诗界真正从诗词创作风格或者流派上进行研究是欠缺的。

依我看来，竟陵诗派要有所建树，一定要在先清楚竟陵派以往的成就，知其然的前提下求得突破。正是因为要求建树，所以必先去继承，通过继承发现奥妙，开启新的认知。如2021年我们出版的《竟陵诗派》第一册，书名就沿用了"竟陵"二字。2022年在出版第二册时，恒山秘书长带领诗友在探讨取什么书名时，经过几番讨论和征求大家的意见，最后书名定为《盛世诗语》，这就使得大家眼前一亮。当然，书名只是一个外在的包装，要使书中的内容体现出建树，那必须得久久为功。

竟陵诗派要做到有所建树，我以为，首先要把诗写好。竟陵派传承的是新诗，也就是格律诗，我们创作的诗词一定要符合格律要求，该押韵的押韵，该对仗的对仗，特别是在平仄上不能出现硬伤。其次要追求诗的意境。意境是一个汉语词语，是指文艺作品中描绘的生活图景与所表现的思想情感融为一体而形成的艺术境界。特点是景中有情，情中有景，情景交融。凡能感动欣赏者的艺术，总是在反映对象"境"的同时,相应表现作者的"意",即作者能借形象表现心境,寓心境于形象之中。诗词是讲究意境的艺术。写一般的诗不难,难就难在深藏的意境。再次要汲取竟陵派的精华。竟陵派之所以在四百多年前能够创造出一个派来,与矫正明代前后七子及公安派的弊端,汲取两派优点,进行独特的理论建构是分不开的。所以新竟陵诗派,同样也要对竟陵派核心人物钟惺、谭元春等前人的诗作进行研究,吸取其精华,矫正其弊端,对其精华变为我所用。最后要有新竟陵诗派的诗风。诗词的风格和形式,亦指一定历史时期中,诗词创作的倾向。新竟陵诗派的诗友主体大多集中在北京,各领域、各层面的人都有,每个人创作的诗词格调、内容倾向也有不同,这为探索诗派的诗风提供了丰富的空间。通过以上几个着眼点的训练研究,经过二至三年的努力追求,相信新竟陵诗派一定会在继承中求得有益的建树。

前进中明方向

新竟陵诗派 2020 年形成雏形以来,经过几年的工作,诗友已初具规模,成果已有显现,影响小有名气。我们这群人因同一个爱好凝聚到一起,以写诗达意、品茶交友而开心,没有章程束缚,没有经费支撑,没有活动模式,它完全是一个古诗词爱好者的松散群体。为把这个群体搞得有声有色,有必要从促进诗派多出成果、出好成果上明确一些方向。

我以为,一是要坚持出书。书是记载诗友劳动成果的标志,是传承竟陵诗派文化的抓手,按照恒山秘书长的期待,从 2021 年起每年出一册,坚持数年,必成丰碑。二是要注重竟陵诗派学术建设。按理说,作为一个诗派应该有学术领袖、观念继承、地域特色、创作风格等等。当然,系统的形成并不在一朝一夕,它需要通过漫长的实践、积淀、总结，逐步形成诗派特有的气象。据我所知，北京范围内目前除北京诗词学会提出加强燕京诗派研究外，还没有第二家探讨诗派的问题。我觉得，新竟陵诗派应该有这种意识，形成对竟陵派文化南北共同分享、共同弘扬、共同探索、共同出成果的局面。三是加强与天门竟陵诗派学习交流。新竟陵诗派的源头在天门，他们的"竟陵"理念、学术成就、诗词作品等很丰富，都是我们学习借鉴的优秀资源。两家可以开展一些学术交流、诗词作品交换、活动信息互通，甚至可以创造条件组织联谊活动。一个目的，就是把新竟陵诗派这个平台抬高、擦亮，结出丰硕成果。

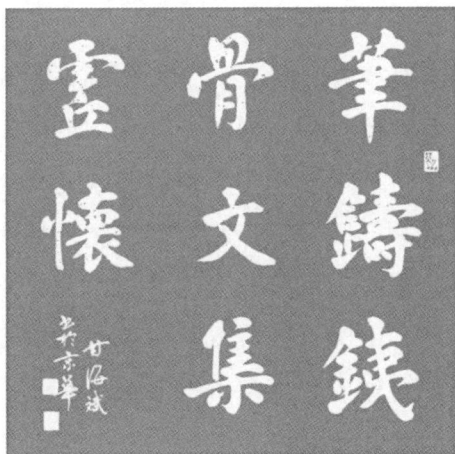

笔铸铁骨　文集虚怀

甘海斌书（69 cm × 69 cm）

《竟陵新韵》首发式暨新竟陵诗派座谈会在京举行

2022 年 1 月 27 日下午，《竟陵新韵》首发式暨京城新竟陵诗派座谈会在北京琉璃厂文化街容膝书画院举行。

《竟陵新韵》是京城新竟陵诗派范恒山、傅东渔、雷仲篪、赵发洪、甘海斌、胡水堂、汪桃义、彭太山、周维、郑庆红 10 位作者的部分诗词合集，范恒山、傅东渔主编，由作家出版社出版发行。

因新冠疫情防控要求，会议严格控制人员规模。参加会议的有：国家发展改革委原副秘书长、著名经济学家范恒山，中国文化管理协会副主席、全国人大教科文卫委员会文化室原副主任徐国宝，国家开发投资集团政策研究室原主任尚鸣，北京市书法家协会理事、北京市东城区书协副主席、书法家高风，北京市东城区书协副主席、书法家严宜玉，北京诗词学会副会长、北京市朝阳区诗词楹联学会会长赵发洪，中华诗词学会会员、中国楹联学会理事、中国楹联学会传统文化研究院顾问甘海斌，北京意趣阁创始人、《武当文脉》总导演梅明，刘艺书法艺术研究会秘书长、书法家臧新义，国都证券高级经理李立宏，中国智慧城市工作委员会执行秘书长常涛，国家发展改革委国际合作中心部门负责人张惠，北京银行中加基金公司负责人韩若柳，天门市驻京办事处主任熊小林等。

会议由傅东渔主持。他对与会嘉宾一一作了介绍，对会议主题作了说明，对为举办这次会议提供帮助的有关单位和人士表示了感谢。

甘海斌介绍了京城新竟陵诗派发起成立、开展活动及《竟陵新韵》编辑出版情况。他指出，京城新竟陵诗派自 2020 年 8 月成立以来，凡重大事件必有引领唱和，凡重要节日定有主题吟咏和雅集，建立了专门的微信交流群，成果丰硕。一些作品在重要媒体上发表。

盛世诗语

《竟陵新韵》是诗派的第一部书籍，收录不同体裁诗词作品 200 余首，集中了诗派成员的智慧和心血，也形成了一个好的开端。发行后产生了较好的影响。随着时间的推移，诗派将为社会提供更加丰富、更高质量，充分体现正能量的作品。

与会嘉宾分别致词，对诗集出版发行表示祝贺，对诗派发展及诗词创作提出了建议和期望。徐国宝提出："竟陵诗派"是明代后期的文学流派。曾在中国文学史上产生过较大影响。新竟陵诗派应继承优秀传统文化，把握时代要求，不断创新，多出精品，形成社会影响，打造独特风格。

赵发洪建议：新竟陵诗派立意高远，起步不凡，要力学笃行，不断进步。诗派要进一步丰富活动，形成特色。可组织开展培训、讲座、采风、论坛、竞赛等活动，提高诗社自身水平，积极培育社会人才。

臧新义专门为《竟陵新韵》发行创作了《竟陵古韵又清发》一文。他在文中指出：京城新竟陵诗派，不必全为天门之籍，无须身处京城之都，五湖四海，只要有这"味"连接，即有别于其他世俗之作也。

范恒山分别集毛泽东主席和诗仙李白诗句即兴作了总结发言。他指出：《竟陵新韵》的出版是一件带有标志性的事件，值得庆贺和纪念。新竟陵诗派是一个诗词交流平台，借助这个平台，开展诗词特别是唐宋风格诗词的学习、咏吟和创作，以取长补短、相互提高，很有意义。

他强调，新竟陵诗派的职责不仅仅是讴歌家乡，而是"高扬文化自信，歌颂伟大复兴"。躬逢盛世，我们应偕伴同道之人，"以笔为帚、化墨为雨、抒黄河清、写江山绿、洗放天青"。

他认为，新竟陵诗派要出精品、成优势，为社会作出有益贡献，必须树立三个认识。一是借诗词文化展创作志趣。诗词是中华民族文化中的一树永不凋谢的花朵，是华夏历史长河中一股激越奋进的清流。好的诗词寓品高、意重、情真、味醇、词美、律正为一体，既能增益社会、启迪他人，又能怡悦自身，可谓好处多多。诗词创作是另外一片天地，那里有特别的景致、奇异的风采。如果我们下点功夫、投身其中，一定会获得意外的惊喜，体验柳暗花明的感觉，生发别具一格的情愫。二是以自然之心行非凡之能。诗词之海浩瀚无垠、博大精深。在诗词创作上，应该秉持以"无心"成"有心"、用"平凡"铸"不凡"的精神状态。虚心向古今贤人学习，坚持以实际生活为本源，紧紧扣住时代发展的脉搏，探源风雅颂，尊奉赋比兴，书写真善美。要积极进取，又不图名利；既与时俱进，也顺其自然。三是用脚踏实地求不断进取。诗词创作不能浅尝辄止，应一步一个脚印向前坚实迈进。越往前走，我们就越能领略到诗词的曼妙和深邃情调。我们要在新的起点上，相携相帮、砥砺奋进，不断攀上新高度，用温暖省世之作去领略诗词险峰上醉人心脾的无限风光。

仪式在阵阵掌声中圆满结束。

《竟陵新韵》首发式暨座谈会受到媒体的热情关注。百度、腾讯、搜狐、今日头条、网易等多家网络媒体和《天门日报》等作了相关报道。

海上升明月 天涯共此时

甘海斌篆刻（直径 3.0 cm）

盛世诗语

於斯荊楚鍾譚先輩
領清流執玉
起高步扶輪
在此京城范傳後賢

賀新竟陵詩派成立之作

趙發洪撰并書
同志乙丑夏月

賀新竟陵诗派成立

于斯荆楚钟谭先辈领清流执玉
在此京城范傅后贤起高步扶轮

赵发洪撰并书，时在乙丑夏月
（139 cm ×65 cm）

☆贺诗、联集锦☆

七律·贺《竟陵新韵》出版

范恒山

十贤咏和著华章，二百新词展异香。
气越钟谭评政德，诚超皮陆述民疡。
墨花激活西江水，笺彩妆浓九域光。
难得倾心成一趣，情牵韵叶慰衷肠。

赏学范恒山先生《竟陵新韵》有怀

肖孔斌

伊君诗赋巧生春，字里行间乡梦频。
望远登高歌盛世，引经据典唱黎民。
严遵格律善求变，叱咤风云勇创新。
欣喜长江浪推浪，竟陵学派有来人。

作者系湖北省天门市政协原主席，天门市陆羽与茶文化研究会会长。

贺《竟陵新韵》出版

傅东渔

湖荆文脉洞庭波，范子离忧屈子歌。

绍绪钟谭遵韵致，师宗雅颂共吟哦。

七贤八友皆名士，十客一书如卷荷。

楚树燕云拱魁斗，踏天北岳入烟萝。

七律·贺《竟陵新韵》问世感赋

彭太山

自古皆言楚有材，钟谭遗韵继将来。

长鲸大鳄凭吞吐，妙手丹心任剪裁。

书案人勤红烛暖，吟坛春早雪梅开。

千秋盛事播南国，一卷编成赖北魁。

贺《竟陵新韵》出版

张洪珍

汉水滔滔尽俊才，钟谭独有写情怀。

天门一线文星现，楚地八方雅士来。

庙宇京畿枝杪绿，鄂州润土又花开。

性灵遗韵描山色，喜看诗情妙剪裁。

贺《竟陵新韵》出版（二首）

周维

（一）

竟陵丛苑绽梅腮，情寄钟谭玉韵裁。
静雅清馨花璀璨，迎风凌雪一时开。

（二）

竟陵丛苑发新枝，幸值骚坛鼎盛时。
汲古幽深风格迥，咏今孤峭韵声滋。
心倾诗律抟优境，笔健毫锋撷逸词。
一辑琼篇聊众乐，钟谭遗梦醉狂痴。

依韵和恒山兄七律·贺《竟陵新韵》出版

甘海斌

漫随诗友赋新章，忝列风流溢墨香。
众志深探皮陆味，每篇宝鉴竟陵光。
有心挥笔歌盛世，无意留言叹自伤。
平仄唱和成一趣，韵声押对表衷肠。

和恒山兄贺《竟陵新韵》出版

胡水堂

竟陵新派谱华章，诚继先贤韵馥香。

盛世诗语

昔日钟谭擎大纛，今朝范傅领头羊。

诗风越过西江水，词曲幽深赤县光。

盛世开明兴雅趣，心扉直抒看东方。

读《竟陵新韵》范恒山卷并贺《竟陵新韵》第一册虎年出版发行

郑国才

偷闲得赋展情怀，汇趣刊书妙手裁。

时代变迁雕翡翠，神州崛起记楼台。

龙谭帅帜凌空舞，京派雄师破浪来。

醇真浓烈乡思酒，醉饮贪杯心畅开。

作者系天门市横林中心学校教师。

贺《竟陵新韵》出版

常大鹏

嗣响多才俊，歌诗遍靖安。

频传新韵致，酬唱不思还。

作者系北京香山诗社副社长。

七律·祝贺《竟陵新韵》出版

汪桃义

新派群英喜气扬，十贤雅聚谱华章。

魂牵桑梓传佳韵，情系苍生诵栋梁。

军旅真知笺上显，仕途灼见笔中藏。

西江遄水滔滔去，不尽钟谭咏未央。

思佳客·《竟陵新韵》出版有感

熊垓智

感谢范兄恒山先生、傅东渔老师厚爱，蒙幸忝列新竟陵诗派。

读罢诗集品万言，闲情雅韵鹧鸪天。

有方有寸坊间雪，无拘无束月里闲。

思来事，忆流年。鉴评夕日许重看。

执笔笑问青春事，一画星霜映晓寒。

贺《竟陵新韵》问世 （二首）

姜琳杰

（一）

竟学不识天色晚，陵溪侧畔几少年。

诗溢芬芳意自华，开向云边化雨还。

（二）

惟士惟书知高洁，楚辞新韵清风传。
有情心中万古流，才施笔墨已千山。

贺《竟陵新韵》首发式一联

对联 / 赵发洪

竟陵新派，开端两载春，肃将其实
鸿韵丛书，呈现一分雅，相慰方知

鱼酒图
甘海斌画（60 cm × 45 cm）

京城新竟陵诗派大事记

2020 年 8 月 26 日，京城新竟陵诗派举办首次雅集。由范恒山、傅东渔牵头发起的"新竟陵诗派"，是一个随缘而聚、合时而歌的"诗词沙龙"。诗派以弘扬中华优秀传统文化，讴歌时代主旋律，赞颂真善美，鞭挞假恶丑为行为导向与创作宗旨。范恒山先生作《七绝·贺新竟陵诗派创立》："昔贤斗巧弄诗潮，幸有承传展后娇。紫陌垂杨鸿渐种，新枝老干两妖娆！"范恒山、傅东渔、甘海斌、胡水堂、郑庆红、范秀山、王涛、戚军韬、黄禹山等出席。标志京城新竟陵诗派正式组成。

2020 年 9 月 4 日，范恒山作《临江仙·西安回眸》，诗友纷纷唱和。

2020 年 9 月 17 日开展以"一剪梅"为主题的诗会活动。范恒山作《一剪梅·诗酒会》，甘海斌、胡水堂、汪桃义、郑庆红、赵发洪、傅东渔等诗友先后唱和。出席雅集的还有袁隆华（国家工信部司长）、陈凯（中央办公厅某局副局长）、刘五星（国家发展改革委价格监测中心副主任）、沈体雁（北大政府管理学院教授）、戚军韬（某投资公司 CEO）、马万义（中国企业投资协会原副秘书长）、刘华（正昊投资董事长）、李立宏（光大金融控股集团领导）、张荣国（天门市委组织部原副部长、人社局局长）、李瓅（北京林大林业科技有限公司副总经理）、赵伟（北京文旅局领导）、王涛（国开证券公司领导）和企业家李义军等。

2020 年 9 月 29 日，在北京饭店举办国庆"桂枝香·中秋雅集"。范恒山填《桂枝香》词并发表关于经济形势分析的演讲。原北京军区副司令员兼空军司令员李永金中将通过微信祝诗友双节快乐。中央候补委员、中央国家机关工委原副书记陈存根发来《国庆中秋》一诗并向诗友问候双节。北京诗词学会会长李福祥发来《正宫·普天乐》表示祝贺。广大诗友纷纷唱和。

2020年国庆节期间，范恒山作《踏莎行·秋雨》，诗友纷纷唱和。

2020年10月8日，寒露。陈存根先生作《寒露》一诗，诗友纷纷酬唱。

2020年10月17日，在有"神州第一乡"之称的北京朝阳高碑店举办赏秋雅集，为高碑店创作诗词。

2020年10月25日，在北京饭店举办重阳雅集。陈存根先生作《重阳》《霜降》二诗，诗友纷纷酬唱。荣氏投资集团主席、荣氏家族基金名誉主席荣克敏先生刚获联合国和谐慈善贡献奖，莅临雅集。建设银行原高管、批发总监、建信金融租赁顾京圃董事长，中财办孙亚局长，公安部白国兴局长，国家卫健委徐水源副司长，企业家余闽先生，傅东渔等出席。

2020年12月初，范恒山作《七律·冬畋》，新竟陵诗派诗友纷纷唱和。

2020年12月8日，李永金司令员八秩寿辰之际，诗友纷纷发来贺寿诗词。

2020年12月初，陈存根先生作《大雪》一诗，诗友先后唱和。

2021年元月2日，与龙潭诗社联袂在北京民族饭店举办"八声甘州·元旦雅集"。范恒山首唱《八声甘州·庚子回眸》，诗友纷纷酬唱。陈存根先生创作《元旦》、松禾资本董事长厉伟创作《鹧鸪天》，诗友纷纷唱和。

2021年2月3日，范恒山依宋秦观词律填《行香子》，诗友酬唱。

2021年2月16日，范恒山作《浪淘沙令》，诗友纷纷唱和。

2021年3月2日，范恒山作《满庭芳·武汉》，广大诗友纷纷唱和。中南财经政法大学教授、青松诗社名誉社长雷仲篪作《次范恒山会长〈满庭芳·武汉〉韵》和《再次范恒山会长〈满庭芳·武汉〉韵》，范恒山会长作《拂霓裳·雷仲篪先生佳文读感》。唱和诗作选登在《长江日报》江花副刊。

2021年3月21日，举办花朝雅集。范恒山作《锦缠道·花朝节》，诗友纷纷唱和。

2021年4月14日，举办上巳节冶春雅集。范恒山作《南乡子·上巳节游春》，诗友纷纷唱和。

2021年5月10日，举办范恒山新著《高扬起奋斗的臂膀》出版座谈会。此新作出版，社会各界友人纷纷来信来电祝贺，诗友纷纷撰写贺诗和读后感赋。

2021年7月1日，线上举行"歌颂中国共产党成立100周年诗会"活动，范恒山首先作《春风袅娜·寄建党百年》，诗友纷纷唱和。

2021年10月6日，举办国庆72周年"三清龙宴"雅集。李永金司令员发来贺诗："喜逢诗友聚一堂，赞天颂国言朗朗。浓墨妙笔又起舞，飞出金秋好诗行。"范恒山先生和中华诗词学会副会长、北京诗词学会会长李福祥出席。香山诗社、龙潭诗社、新竟陵诗派中坚骨干参加。由傅东渔主持。

2022年元月1日，范恒山作《高阳台·元旦忆望》，诗友先后唱和。

2022年元月27日，《竟陵新韵》首发式暨新竟陵诗派座谈会在北京琉璃厂文化街西街114号容膝书画院召开。出席的领导和嘉宾有国家发展改革委原副秘书长、著名经济学家范恒山，中国文化管理协会副主席、全国人大教科文卫委员会文化室原副主任徐国宝，国家开发投资集团政策研究室原主任尚鸣，东城区书协副主席高风，东城区书协副主席严宜玉，意趣阁创始人、《武当文脉》总导演梅明，国都证券基金部负责人李立宏，国家发展改革委国际合作中心部门负责人张惠，中国智慧城市工作委员会执行秘书长常涛，北京银行中加基金公司负责人韩若柳，容膝集团北京公司负责人刘月如和赵发洪、甘海斌、臧新义，及天门市驻京办主任熊小林等。范恒山作总结讲话。傅东渔主持。

2022年2月3日，举办壬寅新正线上酬唱。范恒山作《桂枝香·春节寄望》，引导诗友唱和。

2022 年 2 月 4 日，举办线上"诗贺北京冬奥会开幕"活动。范恒山作《七律·北京冬奥会》，诗友纷纷唱和。

2022 年 3 月 2 日，线上举办"诗贺两会开幕"创作活动。范恒山作《七律·"两会"感吟》，引导诗友创作。

2022 年 4 月中旬，举办"诗赞上海抗疫"活动。范恒山作《七律·上海抗疫》，引导诗友创作。

2022 年 7 月下旬，范恒山受邀赴武汉讲学交流，与故友重聚，京楚两地诗友吟唱。武汉南国置业有限公司总经理刘继成，武汉大学教授、珞珈山诗派研究会会长王新才，《书法报》副总编魏开功，北京《前线》杂志研究室主任许海参加新竟陵诗派活动。

2022 年 8 月 13 日，在北京金鱼池举办中元雅集。范恒山、李福祥出席。出席雅集的嘉宾还有北京诗词学会副会长兼秘书长马旭升，龙潭诗社顾问、空军大校、飞行员书法家张才和甘海斌、胡水堂、汪桃义、郑庆红，及北京文化旅游局机关党委书记赵伟、龙潭诗社办公室主任康文学、天门市政府驻京联络处主任余前忠、天门市政府驻京联络处原主任熊小林等。活动由傅东渔主持。

2022 年 9 月 11 日，举办线上壬寅中秋雅集。范恒山作《谢池春·中秋月随吟》，引导诗友唱和。

2022 年 10 月 15 日，举办"诗贺党的二十大胜利召开"创作活动。范恒山作《望海潮·新航》，引导诗友唱和。

后记

盛世当歌，诗文焕彩。

癸卯新年到来之际，《盛世诗语——新竟陵诗派丛书（第二册）》付梓成书，奉献在各位读者面前。

本书设"吟者诗卷""诗友唱和""文赋荟萃""诗派事迹"四个篇章。收录了新竟陵诗派23位作者的古体诗词500余首、唱和诗词100余首、现代诗20余首，以及少量文赋与书画作品。绝大部分都是近年来的新作。

本书体现了集体智慧，是团结合作的产物。各位作者积极投稿，其中不乏权威大家；主编多次召开会议，对主题、框架、内容、质量深入讨论，全面把关；甘海斌、赵发洪以高度负责的精神，倾心尽力履行了执行编辑职责；不少同志对编辑工作提出了富有建设性的意见；彭太山、周维协助主编做了校订工作。

本书的出版得到了多方面的支持。著名书法家苗培红欣然题署书名；篆刻家杨小村怡情为封底篆印；刘继成、熊垓智、邓昌顺、汪桃义诸先生给予了热情资助；作家出版社的有关领导和责任编辑给予了精心指导。在此，深表谢忱！

期待本书的出版能为社会增益，为诗坛加色，为读者添乐。本书错谬之处，敬请读者批评指正。

编　者

癸卯新正于京华